Sonya
ソーニャ文庫

年下御曹司の執愛

あさぎ千夜春

JN131398

イースト・プレス

contents

第一章　「再会」

瞼《まぶた》を持ち上げると光が刺激となって眼球を刺した。薄暗い穴ぐらから強引に日の光の下に引きずり出されたような、鋭い痛みだ。突き刺さるような光の渦の中で、津田朱里《つだあかり》は激しい喉の渇きを覚える。

（眩《まぶ》しい……）

頭がぼんやりして視界が悪い。何度瞬《まばた》きしても世界はにじんだままだ。もともと視力はいいほうだが、なぜか目の前の風景がじんわりとぼやけて見えた。

だが悪いのは視界だけではない。聴力もおかしい。聞こえてくる重低音はズンズンと特徴的な激しいリズムで体を振動させているのに、耳を澄ませても人の声は遠かった。

まるで自分の体がプールの底に沈められていて、静かな水底から地上の華やかなパーティーを眺めているような、そんな感覚だ。

ここはどこだ。そして自分はなぜここにいるのだろう。

なにもわからない恐怖のせいで、足元から怖気《おぞけ》が駆け上がってくる。

(今日は、書店のアルバイトのあとに清掃のアルバイトがあって……あれ？　私、どうしたんだっけ……？)

風に少しずつ梅雨の気配がはらみ始めていた、五月下旬の金曜日。夜の八時に書店のバイトを終えた朱里は、閉店後、そのまま深夜のビル清掃アルバイトに向かっていた。

いつものようにユニフォームに着替えて閉店後の商業ビルに入ったところまでは、間違いなく覚えている。

夜の商業施設はおそろしく静かだ。

いつも一緒に仕事をする女性と「少し怖いね」なんて雑談を交わしながら、朱里が担当しているトイレを掃除するために向かったところで、パソコンがシャットダウンしてしまったかのように、唐突に記憶が途絶えてしまった。

そしてなんの前触れもなく朱里はここにいる。

本当にこの状況に繋《つな》がるようなことを、なにひとつ覚えていなかった。

(もしかして、これは夢だったりする？)

現実ではありえない状況も、夢だとしたら納得できる。

朱里は、書店、清掃、コンビニと三つの仕事を掛け持ちしているハードワーカーだ。実家暮らしで生活費はかからないとはいえ、収入のほとんどを両親に渡している。

名目上は祖母の介護費用ということになっているが、浪費家の両親の暮らしぶりを見ていると、本当に祖母のために使ってくれているのか怪《あや》しい。

もしかしたら彼らの贅沢《ぜいたく》な食事や遊興費《ゆうきょうひ》の一部になっているのではないだろうか。だが、朱里に働かないという選択肢はない。

（そういえばお金が足りないから、もっと仕事を増やせと言われたんだっけ……）

父と義母、半分だけ血が繋がっている妹に責めたてられたのは、十日ほど前のことだった。

「昼間の仕事を全部やめて、夜の仕事で稼げと言いたいが、もう二十八だからな」

「地味な顔だもの。体で稼ぐしかないんじゃない？」

「それがいいかも。お姉ちゃん、胸だけは大きいからね。ふふっ。いやらしいんだから」

深夜アルバイトから帰宅し、ダイニングテーブルで残り物をよそって、ひとり寂《さび》しく食事をしていた朱里は、いきなり現れた両親と妹にそんなことを言われて、箸が完全に止まってしまった。

「そっ、そんなこと、できないわ。冗談でもやめてっ……」

「ふん。まぁそんな甲斐性があるわけないわよね」

消え入りそうな声で反論する朱里に、妹は自慢の髪をかき上げながら、冷たい声を浴びせかける。

都内の名門私立大学に通う妹の成美《なるみ》は、将来の夢は女子アナだと公言してはばからない。派手で美しく、なんでも『欲しがる』わがままな女の子だ。両親から溺愛されて育ち、血を分けた姉である自分のことを、あからさまに見下している。

(でも、仕方ないわ……私はあの子のようにきれいじゃないもの)

十年前、両親は朱里が高校を卒業したらすぐに働かせようとしていた。周囲の反対を押し切って短大にやってくれたのは祖母のキヨだ。

『朱里ちゃんはもっと勉強したいんでしょう？　できたら四年制に通わせてあげたいけど……ごめんね』

と、なけなしの貯金で学費を払ってくれた。

キヨは亡くなった母方の祖母で、今となっては朱里だけが血の繋がりのある身内であり、唯一心を許せる人だ。

(おばあちゃんだけは守らなくっちゃ……)

祖母の介護費用を稼がねば『施設に放り込む』と言われている。施設に入ることが悪いわけではないとわかっているが、早くにひとり娘を喪《うしな》っている祖母に寂しい思いをさせたくない。

(そうよ、いつまでも寝てる場合じゃない。起きてアルバイトに行かなきゃ……！)

体を動かそうとして、全身がぴくりとも動かないことに気がついた。

「え……？」

改めて自分の置かれている状況を確認すると、二の腕は後ろ手に回され、手首のあたりでぎちぎちに固定されていた。強引に引っ張ってみたが、革ひものようなものでぎゅうぎゅうに縛られているようでビクともしない。

（な、なに……？　なに、どういうこと……？　って、私なんて格好《かっこう》をしてるの……！）

何度か瞬きをして己の体を見下ろした朱里は、頭を大きな石で殴られたような衝撃を受けた。

朱里が身に着けているのは、アルバイトのユニフォームでもない。私服でもなかった。人生で一度も着たことがない黒の透けたレースとほぼ紐で構成された下着に同系色のベビードールという、大胆な姿に変わっている。しかも足元はとても立って歩けそうにない高さのピンヒールだ。

これはいったいどういうことだ。夢のはずなのに驚かされてばかりで、朱里はずっと混乱していた。

『さて、お次は本日のメインイベントオークション【処女調教】のお時間です！』

「……!?」

そうこうしているうちに、突如、朱里のすぐ側で男性のマイク音声が響く。

『身長一六二センチ、体重五〇キロ！　セミロングの黒髪にあどけない黒目が美しい、清純派美女！』

『しかもFカップの色白美乳だ！』

あまりの大きな声に、朱里はビクッと震えた。

清純派美女というのは盛りすぎだと思うが、数値的にはどうやら朱里のことを言っている気がする。

（『処女調教』って……や、たしかに私は二十八になって処女だけど……。だめ、やだ、早く、目を、覚まさないと……！）

だが、少し身じろぎするだけで、頭が割れるような激痛が走る。男がなにかを言うたび、大音量がうわん、うわんと頭の中で響いて、指一本動かせそうになかった。

焦《あせ》りながらも何度か瞬きを繰り返していると、ぼんやりと周囲が見え始めてきた。

どうやら部屋に窓はない。もしかしたら地下なのだろうか。

朱里が座っている椅子は部屋の中央の一段高いステージに設置されていて、頭上からライトがスポット状に照らされていた。ステージを取り囲むようにたくさんのソファーが並べられており、煙がもうもうと立ち込めている。そんな状況の中、眼下には数十人の男女が、顔に仮面をつけてほぼ裸に近い、淫《みだ》らな姿で体をくねらせていた。

踊っているのだろうか。表情はわからないが、体つきで老いも若きも入り交じっているように見える。

（これはなに……？）

朱里が置かれている状況は、まさにドラマや映画にあるような人身売買のシチュエーションだ。夢は願望だと言われることもあるが、こんな状況を朱里は望んでいない。むしろいい加減目を覚ましたい。

いかがわしいパーティーの雰囲気《ふんいき》に戸惑いつつ、もっと周囲を観察しようと顔を動かすと、また差し込むような頭痛がこめかみのあたりを襲う。

「っ……」

強い光と音は暴力に似ていた。

「おい、これを飲め」

痛みをこらえようと奥歯を噛《か》みしめたところで、いきなり黒いスーツの男に頬《ほお》をつかまれた。さらに別の男が朱里の唇になにかを押しつける。冷たいガラスの感覚にビクッと体を震わせると同時に、とろりとした液体が口の中に流し込まれた。

「!?」

とっさのことで吐き出せず、ごくりとそのまま飲み込んでしまった。

（なに、私は今、なにを飲まされたの……!?）

戸惑う朱里をよそに、事態はどんどん進んでいく。

『さぁ、この美女を生かすも殺すもお客様のお望みのまま！　お値段は五〇万から！』

ステージ上の男の声が響き、それから一斉に歓声が上がった。

生かすも殺すも——。

その言葉に全身にゾッと怖気が走る。

『一一〇！』

『一五〇！』

『三〇〇だ！』

あっという間に値段がどんどん吊り上がっていく。これは朱里の値段ということなのだろうか。その値で買われたら、自分はいったいどうなるのだろう。

「や、いやっ……」

なぜ自分がこんな目に合っているのかわからない。

夢なら早く覚めてと、さっきからずっとそう思っているのに、なかなか思いどおりにならない。後ろ手に締めつけられた手をほどこうとしたが、無理だった。身動きするたびに手がじんじんと痺《しび》れる。痛みは妙にリアルで歯の根が恐怖でカタカタと震えた。

(ねぇ、夢だよね……？　誰かそうだって言ってよ……！)

夢の中でこれは夢だと自覚することを明晰夢《めいせきむ》と呼ぶ。明晰夢はある程度自分の意識を夢に介入させることだってできるはずだ。

得体のしれない液体を飲まされた不安と、これは夢ではないのかもしれないという混乱が、朱里を恐怖のどん底に叩《たた》き落していた。

なんとか椅子から立ち上がろうとした次の瞬間、下腹部の奥がとろりと甘く疼《うず》いた。

（あ……なに、これ……？）

未知の感覚に驚いた朱里は、そのまま固まってしまった。

体の芯が熱くて痛い。足に力を入れると、甘い痛みが全身に広がる。このままではいけない気がして、余計焦りが生まれた。

「ほんとに処女なのか？」

「おい、両足を開かせろ！」

「あそこを見せろよ！」

よく見えないが、男たちがすぐ近くにいる気配がする。

自分に向けられた無遠慮な声や視線に恐怖を感じた。朱里は背中を丸め、ひたすら意識を逸らすように、ピンヒールのつま先を凝視することしかできなかった。

『お客様～、おさわりは禁止ですよ』

ステージ上の男がそう言って朱里の背後に回ると、両手を伸ばし膝《ひざ》の上に手を乗せる。

「さぁ、足を広げろ。お客さんがあんたのソコ、見たいってよ」

「っ、ひっ……」

首筋に男の興奮した熱い息がかかって、身の毛がよだつ。喉がぎゅうっと締まり、声にならない悲鳴が漏れた。

残念ながら男の息も指先の感触もリアルで、とても夢だとは思えなかった。

もしかしてこれは、夢ではないのではないか。現実だとしたら——自分はどうなる？

全身の毛穴がぶわっと開いた気配がした。吐き気で冷や汗が止まらなくなる。

（やだ、やだっ、誰か、助けて……！）

委縮した朱里が体を強張らせる中、突如ガシャン！　と大きな音が響いた。次の瞬間、朱里を照らしていたスポットライトが消え、その場のすべての照明が落ちる。一瞬にしてあたりが闇に包まれた。

「きゃあーっ！」

なにも見えない状況に怯えたのか不特定多数の悲鳴が上がる。当然、朱里に触《ふ》れていた男も慌てたように声を上げた。

『なんだ!?　停電か？　非常電源はどうした！』

マイクを通して慌てたような声が響き、朱里の周りを誰かがドタバタと走り回る気配がする。

（なにがあったの……？）

アクシデントだろうか。

朱里は震えながら息をひそめていたのだが――。

「朱里ちゃん」

突如、耳元で若い男の声が響いた。

「え……？」

朱里を『ちゃん』づけで呼ぶような異性の友達などひとりもいない。

（だれ……？）

声のしたほうを見上げたが、相変わらず真っ暗闇でなにも見えない。だが呼びかけてきた声は甘く、低く、非常に魅力的な男性の声だった。状況は最悪だというのに、逆立った朱里の心を優しく撫《な》でつけるような不思議な力がある。

どう答えていいかわからず戸惑う朱里に、彼はさらに穏やかな声で続ける。

「大丈夫、助けに来たんだよ」

「助けに……？」

「静かにしてね。手首の拘束を切るから、動かないで」

その言葉どおり、後ろ手にきつく縛られていた手が急に自由になった。

「あ……」

朱里は腕を前に回して、手首の跡を手のひらでこする。ヒリヒリとした痛みがあったが自由になれた喜びは大きかった。

「ねぇ、これはいったいなんなの……？　どうして私こんなところにいるんですか……!?」

彼が誰かはわからないが、自分を知っているのなら話は別だ。なぜこんなことになっているのか教えてほしい。

「話はあとだ。停電時間はたった五分しかないからね。今のうちに逃げないと」

焦って問いかける朱里に青年は落ち着いた声で応える。そして次の瞬間、ふわりと朱里の体が宙に浮いていた。抱き上げられたと気づいたのは、男の体温に全身が包み込まれたからだ。

「きゃっ……！」

思わず悲鳴を上げてしまった朱里は、とっさに青年の首にしがみついていた。

彼の体はまるで大樹のような安定感があった。朱里の全体重がかかっているはずなのにふらつきもしない。

(やだ、こんな格好してるのに……！)

ベビードール姿でしがみついておいてなんだが密着が気になる。思わず体を縮こませると、青年はなぜか少し機嫌よさそうに笑って、いきなり軽やかに走り出した。

「おい、明かりはまだつかないのかっ！」

『お客様落ち着いてください！　これは電気系統の不具合で』

「ここを出るぞ！　出せっ！」

『皆様、落ち着いてください！　お帰りのお客様の身の安全は保障いたします！　どうか落ち着いてください！』

多くの人が不安を訴えている中、青年は朱里を抱いたまま人の間を縫って走る。

まるで鳥のように。

どこをどう通っているのか、長い階段を駆け上がり、朱里の火照《ほて》った体がひんやりと冷たい風の中を通り抜けていった。

「ったく、俺の予定では、初めてのお姫様抱っこはバージンロードのつもりだったのに」

（バージンロード……？　えっ……？）

彼は今なにを言った？　状況とそぐわない言葉に一瞬混乱する。

青年はどこへ向かっているのだろう。

あれこれ妄想して不安にかられるが、この人は朱里を助け出してくれた。あの場に残されるよりはずっとマシなはずだ。

（ああ、神様……）

ドキン、ドキンと胸の鼓動が早まってゆく。朱里は自分の意志とは無関係に火照っていく己の体から意識を逸らし、青年に身を任せたのだった。

鬱蒼《うっそう》とした森の木々を抜け、夜の闇に溶ける漆黒のリムジンの前に、白い手袋をつけた初老の男が立っていた。

「唐沢《からさわ》、彼女を保護した。車を出してくれ。俺がいいと言うまで停車するなよ」

「畏まりました」

唐沢と呼ばれた男は、後部座席のドアを開けながら、まるで王を迎え入れるかのように恭《うや》しく青年に向かって一礼する。

目元を隠す仮面をつけた青年は、朱里を抱いたまま車に乗り込むと、慣れた手つきで手元のボタンに触れた。運転席と後部座席の間に不透明な壁がせり上がり、あっという間に密室になる。

「もう大丈夫だから目を開けて」

リムジンが動き出してから、彼は緊張で体を硬くしている朱里の頬をそっと撫でた。

「こんなことになってごめんね……。完璧に準備を整えてから迎えに行こうと思っていた俺が間違ってた」

そして剝《む》き出しになった朱里の腕に手のひらを滑《すべ》らせ、肩先に口づける。

「っ？」

男性に触れられることに慣れていない朱里はビクッと震えてしまったが、なぜか嫌な気はしなかった。ステージの上で足を開かせようとした男とは違う。労わってくれている気がする。だが彼が口づけた朱里の右肩には、傷痕《きずあと》がある。昔のモノだしそれほど大きくはないのだが、なんとなく見られたくなくて、とっさに左手で肩を覆っていた。

「いえ、あの……助けてくれて、ありがとう……ございます」

感謝の言葉を告げながら、朱里は自分の太ももをこすり合わせる。先ほどから全身が粟《あわ》立《だ》つような甘いしびれが止まらない。腹の奥がきゅんと甘く締めつけられて、じれったい。

(……気のせい、よね？)

きっと、このおかしな状況のせいだ。朱里は自分にそう言い聞かせながら、おそるおそる青年の顔を見上げた。

「あ、あの」

「だから礼なんていらないんだってば。当然のことをしたまでだし」

彼は上品な唇をやんわりと持ち上げながら仮面を外す。時代錯誤で派手な仮面の下から息をのむような美貌が現れ、朱里は言葉を失ってしまった。

(わぁ……なんて、きれいな人なんだろう……)

動き出した車の窓から、月の光が注ぎ込み彼の姿を淡く縁取る。さながら名画のような風貌に、朱里は思わず見とれてしまっていた。

年のころは二十歳前後だろうか。髪は緩いくせっ毛なのか少しだけ波打っていて、長めの前髪の奥で輝いているくっきりした二重瞼は見事なアーモンドアイだ。その茶色の瞳を栗色のまつ毛が色濃く囲んでいる。鼻筋は高く、唇はふっくらとして上品に弧を描《えが》いており、頬のラインはシャープだ。

顔は小さく首はすらりと長いが、たくましい首筋や肩へと繋がっていた。抱きかかえられたときに背が高そうだと思ったが、手足もすらりとしていて、まるでショーモデルだ。人ひとりをお姫様抱っこして走れるのだから、かなり筋肉質なのだろう。

ちなみに、裸同然の下品な姿の自分と違い、彼はきちんと蝶《ちょう》ネクタイを締めたタキシード姿だった。

一朝一夕には身につかない、気品のようなものを感じる。同時にどこか愛嬌《あいきょう》があって、こちらを見る目には親しみやすさがある。

(失礼かもしれないけど、お金持ちの家にいるゴールデンレトリバーみたい……)

大きくて育ちが良さそうな彼を見て、朱里は目を伏せる。

彼があまりにも立派で、すっかり気後れしてしまったのだ。

(でもどうしよう……全然知らない人だ)

顔を見ればわかると思っていたのに、目の前の青年にまるで見覚えがない。彼もなにか勘違いしているのではないだろうか。だが人違いだからと捨てられても困る。せめて家まで送ってもらいたい。

そんな図々しいことを考えながら、朱里はしどろもどろにつぶやいた。

「あの……降ります……ごめんなさい」

今更だが、車に乗り込んでも相変わらず、彼は朱里を膝の上にのせたままだった。いくらなんでも、知らない人の膝にいつまでも座っていられない。

「いいんだよ、ずっと俺の膝の上で」

だが青年はいたずらっ子のようにくすりと笑う。彼が微笑《ほほえ》むと蜂蜜《はちみつ》がとろりとしたたるような甘さがあって、朱里は猛烈に恥ずかしくなり、また直視できなくなった。

（なにこの子！　きれいすぎるんですけど……！）

朱里は高校生の時分から、ずっとアルバイト漬けの日々を送っている。何度か告白されたこともあるのだが、自分を本気で好きになる男性がいるとは思えなかったし、なによりプライベートな時間がほぼないので断ってきた。とにかく異性に免疫がない。

とびっきりの極上男子に微笑まれると、冷静ではいられなくなってしまう。

「そ、そういうわけにはいきませんので……」

状況の説明が欲しいと思いつつ、朱里はドギマギしながら腰を上げて体をずらそうとしたのだが――。

次の瞬間、青年のたくましいスラックスの太ももに、下着のクロッチ部分がこすれて背中に甘いしびれが走った。

「ひゃんっ……」

それは朱里が知らない感覚で、思わず悲鳴を上げる。

「朱里ちゃん？」

異変に気づいた青年が、軽く目を細めて顔を覗き込んでくる。

「あ……」

朱里はビクビクしながら口元を手のひらで覆っていた。

（今の声、なんなの……？）

体の熱は冷めず、それどころか次第に上がっている気がする。裸同然の格好なのに肌はしっとりと汗ばみ、動悸《どうき》が激しくなる一方で、腹の奥がきゅうきゅうと締めつけられる感触が長く続いていた。

（私の体、やっぱり変だ……）

もう青年の顔を見られない。だがいくら見ないようにしても、彼から香る脳を揺さぶるような魅惑的な香りから意識が逸らせない。

彼が使っている香水だろうか、それとも彼自身の体臭だろうか。甘くスパイシーな香りに頭がクラクラし始めた。

「朱里ちゃん、大丈夫？」

顔を上げると、こちらを心配そうに見つめる青年の瞳が徐々に近づいてくる。

ドキン、ドキン……。

心臓が早鐘を打ち、息が苦しくなる。

あの不埒《ふらち》な会場では自分のつま先ばかり眺めていた気がするのに、どうしてだろう。

彼があまりにも強く美しく見えるからだろうか。彼から目が離せない。

（触れてみたい……触れたい……もっと、知りたい）

この人のそばにいたらなぜか自分も強くなれそうな、そんな気がした。

朱里はぼうっと熱に浮かされた頭で、彼の首元に手を伸ばす。

ウイングカラーのホワイトのシャツには、セミバタフライの漆黒の蝶ネクタイが飾られている。蝶の形に折られたその端っこを指でつまむと、難なくするりとほどけてしまった。

流されるようにシャツのボタンをひとつ、ふたつと外すと、奥から彼の男らしい喉や首のラインがあらわになる。

（きれい……）

まるで神様が渾身の力を込めて作った造形だ。

この世の中に、こんな美しい男が存在していいのだろうか。

気がつけば朱里は、こちらを見つめる彼の頬に指を這わせていた。

毛穴ひとつないなめらかな素肌は、触れているだけで気持ちがいい。触れているのはこちらなのに、触れられているような気がする。

（なんだか……懐かしい……？）

こんな美しい青年と朱里に接点などないはずなのに、なぜかそう感じる。

（形のいい唇……柔らかそう）

朱里の指先がするすると、青年の唇の上に移動していた。

この中はどうなっているのだろう？

もっと奥が見たい。彼の中が見たい。

そのまま唇の間に指を差し入れると、中から健康そうな白い歯が覗いた。歯ブラシのコマーシャルに出られそうな、大きくて美しい整った歯だ。

（私、歯が小さいから……うらやましいな）

見るだけじゃ足りない。触れて感じてみたい。そう思いながら、朱里は自ら顔を近づける。

彼から目が離せない。下腹部の奥が、ズキズキと痛い。

（おいしそう……）

さらに朱里が顔を近づけると、車の中でお互いの吐息が触れ合う距離まで近づいた。

（このまま彼を食べたい、食べられたい。頭からつま先まで全部……）

急に喉の渇きを覚えて我慢ができなくなった。喉が異常に渇く。

「はぁ……はぁ……」

気がつけば朱里は息を乱しながら、青年に寄り添っていた。

こんなことは間違っているし、やってはいけないことだと頭のどこかでわかっているはずなのに、目の前の青年はタキシードの内側にどんな体を隠し持っているのか、すべてを暴《あば》いてしまいたいという欲望から逃げられなかった。

「――」

無言でこちらをじっと見つめていた青年が、蕩《とろ》けるような甘い目で、口の中の朱里の指先を、そっと歯で噛んだ。

その瞬間、じぃん、と全身に痺れるような快感が走る。

朱里はビクッと体を震わせた後、ハッと我に返って、慌てて上半身をのけぞらせていた。

それは陶酔に浸っていた自分を、いきなり横から張り倒されたような感覚だった。

「あっ、やっ……あの、ごめんなさいっ……！」

なんということをしてしまったのだろう。全身からサーッと血の気が引く。

目の前の青年がどこの誰かも知らないのに、口の中に指を入れるなんてどうかしている。

いや、朱里がしたかったのはそれ以上のことだ。正直に言えば、彼に欲情した。それがきっと彼にも伝わったから、『これ以上はいけない』と指を噛まれたのだ。

「ごめん、なさい……」

朱里はもう一度謝罪の言葉を口にする。

あの場から連れ出してくれた人になんてことをしてしまったのだ。これではまるで飢えた獣だ。正気を疑われたに決まっている。

　朱里は震えながら、深々と頭を下げた。

　言い訳と思われるかもしれないが、理性が働かなかった。まるで酩酊《めいてい》しているかのように、こうしたいと思ったら、止められなかったのだ。

「朱里ちゃん、顔を上げて」

「……」

「いいから」

　おそるおそる顔を上げると、彼は優しい目でこちらを見つめていた。同情でもないし哀れみでもない。本当にこちらをおもんぱかってくれている、そういう表情だ。

「謝らないでいいよ」

　口の中に指を突っ込まれたというのに、青年は怒っていない。相変わらず穏やかな声でささやく。

「や、でも、あのっ……私、こんなことっ……本当に」

「そうだね。普段の朱里ちゃんならこんなことしない。でもね、今の朱里ちゃんは媚薬を飲まされているんだ。普通じゃないんだよ」

　青年は動揺で赤くなったり青くなったりしている朱里の肩をそうっと抱き寄せると、腕の中に閉じ込めた。

「び……？」

聞き慣れない単語を聞いて朱里は軽く混乱したが、思い当たることがあった。

「あっ、そういえば……なにか飲まされたわ」

「そう。性的に興奮するクスリ。もちろん、非合法の悪いオクスリなんだけど……。朱里ちゃん、今、えっちな気分なんでしょう？」

青年の吐息がこめかみに触れた。

「ずっとドキドキして……体の奥が疼いている。したくてたまらない」

「そ、それは……」

やはり欲情を見透かされていた。彼はこんな自分をどう思っただろう。恥ずかしいと思う以上に、なぜか腹の奥が甘やかに締めつけられるのがわかる。嫌すぎて、このまま煙のように消えてしまいたい気持ちになった。

朱里は顔を真っ赤に染めてブルブルと震えてしまった。

「ごっ、ごめんなさい……」

「だから、いいんだ、薬の作用なんだから。身持ちのかたい朱里ちゃんでも、こればっかりはどうしようもない」

青年はあっさりとそう言うと、少し声を抑えて、朱里の耳元でささやく。

「大丈夫。俺が癒《いや》してあげるから」

その瞬間、青年の声に熱が帯びた気がした。

「……っ!?」

低い声が耳の中に注ぎ込まれた次の瞬間、青年の指がするりと下腹部へと忍び込む。

朱里がつけさせられていた下着は、布面積が小さくショーツとは言い難い形をしていて、クロッチの部分にスリットが入っている。あっけなく左右に開かれて、その間から青年の指が難なく侵入した。

驚きすぎた朱里が言葉を失っている間に、指が淡いくさむらをかき分けて襞《ひだ》をなぞる。

同時に彼の唇が柔らかく朱里の耳たぶを食《は》む。

「ああぁっ……!」

ぞくぞくと足元から刺激が駆け上がってくる。朱里は悲鳴を上げながら、思わず彼の肩にしがみついていた。

「やっぱりぬるぬるだ……」

青年はくすりと笑い、それから朱里の耳たぶに歯を立てる。右の肩口に顔を移動して、ちゅうっと吸い上げた。

「ま、まって、あっ」

突然与えられた快楽に、気持ちがついていかない。

朱里は泣きそうになりながら首を振る。

「いいから、楽にして。大丈夫……ここには俺と朱里ちゃんだけだからね」

彼の甘やかな声色は、どんな誘惑よりも淫らに朱里の耳に響いたのだった。

「あ、んっ、あっ……」

車内にくちゅくちゅと淫らな水音が響く。体温がどんどん上がっていく。

朱里の蜜壺の中には青年の中指と薬指が差し込まれていた。ゆっくりと中を確かめるように抜き差しされて、緩やかな快感が延々と続いている。

指一本は難なく受け入れられたが、二本目からきつくなった。だが青年は丁寧《ていねい》に中をほぐしながら、さらに三本目を挿入する。

「あ、やっ……んっ……」

もう何度も、彼にイカされている。

気持ちがよくて変になりそうだ。これも媚薬のせいなのだろうか。

結局、朱里は青年の膝の上から降りることができなかった。それどころか彼の膝の上に両足を開いてまたがり、青年の首の後ろに腕を回し肩口にもたれるようにして体を預けている。

「またイキそう？　だったらそう言って」

青年が熱っぽい声でささやく。

「あ、い……イク……ッ」

こくこくとうなずくと同時に、彼の指が中をこすり上げ、太ももがわななき全身に力がこもる。

「あっ……んん〜っ！　はぁっ……！」

目の前で星が瞬き、じんわりとぬるま湯に浸かっているようなけだるさが、体を包み込んだ。

「これで三回目だ。上手にイケたね」

青年はひどく満足そうにうなずき、それから朱里の汗ばんだ額《ひたい》に唇を押しつける。

「朱里ちゃんの中、すごくとろとろで……あったかくて、最高だな……イクたんびに俺の指をきゅうきゅう締めつけて……入れたら、気持ちいいだろうな」

青年は終始ご機嫌だが、朱里は体と心がちぐはぐで、苦しくてたまらない。

彼から与えられる快感は気持ちがよくて、蕩けてしまいそうだが、その一方で知らない青年に体をもてあそばれている自分に嫌悪感を覚える。だがこんなことはもうやめようと思った次の瞬間、もっと強い快感を味わいたくて、また素直に彼の指を受け入れてしまっている。

こういうことは恋人同士や夫婦でするものだ。知らない人としてはいけない——と頭ではわかっているのに、体は彼から与えられる快感に従順で、拒めない。

「だめ、あぁ……」

朱里はゆるゆると首を振る。

「だめってどういうこと？　もしかしてよくない？」

青年が柔らかい声で問いかけながら、ゆっくりと親指の腹で朱里の花芽をこすり上げた。

「ひあっ……んっ！　いや、やっ……」

「だよね、そんなはずないよね。すごく気持ちよさそうに、腰を振ってるし。あぁ……全身ピンクに染まって本当にきれいだなぁ……」

青年は軽く目を細め朱里の首筋をぺろりと舐《な》める。

「あっ」

朱里がびくんと体を震わせて背中をのけぞらせると、彼はちゅ、ちゅっと唇を下ろしていき、朱里の豊かでたわわな美しい胸に口づけた。

「おっぱいに触るの、ずっと我慢してたんだけど……ちょっと舐めるだけならいい？」

「え……」

「いいよね」

青年はゆっくりと薄いレースのブラジャーをずらし、その先端で震えている乳首を口に含んでしまった。

軽く歯を立て、舌先で全体を含み、吸い上げる。丹念に、執拗《しつよう》に——。

その刺激はあまりにも強かった。強い快感に目の前で細かく白い火花が散り始める。

「あ、ああっ、あんっ、あ……！　や、またっ」

じゅるじゅると唾液交じりに音を立てて舐める青年の舌使いに、下腹部の奥がぎゅうぎゅうと締めつけられる。同時に青年の指が腹の奥をこすり上げ、朱里を煽《あお》る。

「いっちゃ……ああっ……！」

ぴんと背中をのけぞらせ絶頂を迎えた朱里は、そのまま脱力しシートの上に背中から倒れこんでいた。

「はぁっ、はぁっ……」

「朱里ちゃん、大丈夫？」

激しく肩で呼吸をする朱里を見て、青年が優しい笑顔を浮かべ顔を覗き込む。

(大丈夫かって……全然大丈夫じゃない……まだ、まだ、もっと、欲しい……！)

朱里は半ば絶望、そして茫然としながら彼を見上げた。

何度も彼の指でいかされたというのに、体はまだ満足していなかったのだ。

(奥に、欲しい……指じゃない、もっと大きなモノでめちゃくちゃに、してほしい……！)

処女のくせに、これからどうするべきなのか、体はわかっている。いくら指で気持ちよくしてもらっても、根本的に解決していないのがわかっていた。

弱いところをこすり上げて、体が跳ねるくらい突き上げて、最奥《さいおう》に熱いものを注いでほしくてたまらない。

だがそんな自分が受け入れられない。

どうしてこんなことになった。いったい自分がなにをしたというのだ。

バイト中に意識を失って、わけのわからないステージにいて、体まで自分のいうことをきかない。なにもかも夢だと思いたいのに、すべてがこれは現実だと突きつけてくる。

（いやだ、いやだ……！）

そこで朱里の緊張感が、ぷつりと切れた。

「やだ、もうっ……やだぁぁ～!!」

唇をわななかせた次の瞬間、朱里の目からぶわっと涙が溢《あふ》れる。

「あっ」

泣き出した朱里を見て、青年が驚いたように目を見開き、体を強張らせる。

「どどどど、どうしたのっ……？」

それまで余裕ぶっていたはずなのに、朱里の涙を見た瞬間、あからさまに動揺した。だが朱里はそれどころではなかった。

「いっ、いやなの、自分が、こんな、こんな、知らない男の人とこんなことして、きもちいいっ、自分が、いやっ、やだ、怖いよぅ～……！」

熱い涙が頬を伝って落ちる。

「もういやっ、夢なら覚めてよ……！」

朱里は悲鳴に似た声で叫び、そして両腕をクロスして顔を覆っていた。

「うっ、ううっ……うう～っ……ひぃぃん……っ……！」

思えば人前で泣いたのは久しぶりだった。二十一年前の、母の葬式が最後だったのではないだろうか。

普段の朱里は我慢強く、諦めもよく、基本的に他人にも自分にも期待しない。ただ物静かに世界の片隅で必死に生きてきた。両親は朱里を家族として愛してはくれず、妹にいたっては姉を召使いのように扱っていたから、そうすることでしか己を守れなかった。

自分は人に愛される価値はない。そう自分に言い聞かせ、これからも慎ましやかに人目に触れないように生きていくしかないと諦めていた。

それがこのざまだ。感情を司る蛇口ががばがばになっている気がする。

(これも媚薬のせい……？　本当に？　私が淫らな女だからじゃないの？)

彼は悪い薬のせいだと言うが、その言葉を信じていいのだろうか。処女のくせにこんなに感じて、淫らに体を開き、喘《あえ》いでしまった。そしてそのさらに先を欲しがっている。

朱里は、華奢《きゃしゃ》な体をした妹や義母からは『淫らな体をしている』と、ことあるごとに言われていた。ただ人より少し胸が大きいだけなのに、男性と付き合ったこともないのに

『男を誘惑する悪い女』だと、人前であざけり笑われたこともあった。

(私はそんな女じゃないって、思っていたのに……！)

自分が自分に裏切られた気がした。もうなにを信じていいのかわからない。

(もうやだ……このまま消えてしまいたい……！)

この状況では、もう恥も外聞もない。えぐえぐと子供のようにしゃくりあげていると、頭上で低音の声が響く。

「朱里ちゃん、俺は『知らない男の人』じゃないよ」

そして頭を優しく撫でられた。

「――え？」

知らない人じゃないという彼の言葉に朱里は息をのむ。顔を覆っていた腕を外して、おそるおそる青年を見上げた。

「ほ、ほんとに……？　どこで？　あなたは誰なの……？　どこかですれ違っただけとかじゃなくて？」

こんなに美しい青年と会っておいて、記憶にないということがあるだろうか。

目元の涙を手の甲でぬぐいながら問いかけると、青年はなぜか少し恥ずかしそうに、軽く首をかしげる。

「俺、冬季哉《ときや》だよ。杠葉《ゆずりは》冬季哉。その……覚えてるかな」

どこか遠慮がちに、青年は名を名乗る。だが同時に、彼の期待に満ちた瞳は甘やかに輝きながら朱里を見つめていた。

「――」

ゆずりはときや。

その名を聞いて衝撃を受けた朱里の脳裏に、仕立てのいい白いシャツを着て、半ズボンを赤いサスペンダーで吊っていた幼い少年の姿が浮かぶ。

大きな瞳が印象的な、生意気でかわいい男の子だ。

「え……とっ、ときや、くん、なの……？」

「覚えててくれたんだ」

青年――冬季哉は、朱里の返答にホッとしたように息を吐く。

「あっ、当たり前じゃない……！　そんな……ああ、びっくりした……そうだったの？　だったら、早く言ってくれたらよかったのに……！」

朱里は何度も瞬きをしながら、目の前にいる極上の青年を見つめた。

杠葉冬季哉。彼との付き合いはたった数ヵ月だったが、忘れるはずがない。

杠葉家は千年前から続く日本の名家中の名家で、いわゆる旧財閥系とも呼ばれる名門だ。

現在は一大グループ企業のオーナー一族であり、冬季哉はそこの御曹司《おんぞうし》だった。

朱里の祖母がかつて杠葉本家で使用人として働いており、朱里もその伝手《つて》で高校生の頃、メイドのアルバイトをしていたのである。

だが冬季哉と朱里が知り合ったのは十年以上も前のこと。当時の彼はまだ八歳になったばかりの子供だった。

（そっか、冬季哉くんだったんだ……）

この訳のわからない状況のことはいったん横に置いておくとして、はるか昔ほんの少しだけかかわりがあった彼が、自分を覚えてくれていたことが純粋に嬉しかった。

「覚えていてくれてたんなら、早く言えばよかった」

冬季哉は固まったままの朱里を見て、楽しそうに笑う。そしてはらりと落ちてくる自身の前髪をかき上げると、朱里の両手を取って自分の頬にのせささやいた。

「で、成長した俺は、どう？」

「どうって」

重ねた手のひらから、彼の熱が伝わってくる。

朱里は大きく深呼吸して、冬季哉をまっすぐに見つめる。

（冬季哉くん……この男の子が、冬季哉くん……？）

朱里はそれほど変わっていないだろうが、声変わりもしていない八歳の男の子が二十歳の青年になったら、やはりすぐには気づけないと思う。幼い頃の彼は、とっても生意気で、でもかなりの甘えん坊で、かわいい子供だったのだ。

『あかり、あかりっ！』

名前を呼びながら、仕事をする朱里にべったりとくっついていた彼の姿を思い出すと、懐かしさで胸がいっぱいになる。

「えっと……大きくなったわねぇ……って思うわ」

朱里の答えを聞いて、冬季哉はクスッと笑った。

「確かにそうだね。今はすくすく伸びて百八十八センチだよ」

背が高いと思っていたが、百九十センチ近いとは。正直すくすくというレベルではない。

「でも、それだけじゃないよ」

親戚のお姉さん気分で感心している朱里をよそに、冬季哉は甘く瞳をきらめかせながら朱里の額にこつんとおでこをくっつける。彼の緩やかに波打つ髪が、はらはらと下りて来て朱里にふりそそいだ。

「俺はもう、朱里ちゃんをひとりの女性として愛せるようになったんだ」

そしてその大きな両手を、朱里の太ももに這わせながらささやく。

その手の色っぽい感覚に、耳の後ろがぞわりと粟立った。

「続き、しよ」

誘惑とともに、冬季哉の手で朱里の両足が左右に広げられていく。

「あっ、待って……」

下着の構造を思い出して、朱里の頬にカーッと熱が集まる。この体勢だと、きっと彼の目には朱里の秘部が丸見えになってしまう。さんざんいやらしいことをしておいてなんだが、実際に見られるとなると今まではまるで違う感情が込み上げてくる。

(だって、冬季哉くんだよ……あの、かわいくて生意気だった冬季哉くんに、そんなの見せられないよ～！)

「やっ……待ってってば！」

慌てて膝を閉じようと力を入れたが、それを阻止するように冬季哉は自身の体をグイッと足の間に割り入れると、頬を傾けて朱里の唇に小さくキスを落とした。

「!?」

あれだけ淫らなことをしておいて、キスをしたのはこれが初めてだった。

「えっ、あっ、ああ、あの、今の、ふぁっ、ファーストキスだったのにっ……」

思わず悲鳴を上げる朱里だが、冬季哉が調子よくニコッと笑う。

「俺も～」

「えっ!?」

朱里は彼のあからさまな嘘《うそ》に唖然とする。この美貌と杠葉一族の御曹司という身分があって、二十歳でファーストキスはない。

(うそつき……！)

朱里が心の中でつぶやくと、彼は苦笑して魅力的な色をした瞳をやんわりと細める。

「だって『ちゅーは大人になってから』って、朱里ちゃんが俺に約束したんだから」

「約束……？」

約束と言われて、朱里は戸惑う。まったく記憶にないが、そんなことを自分が八歳の男の子に約束したというのだろうか。

（いや、そんなのするはずないし……！）

唇を引き結ぶ朱里を見て、冬季哉はふふっと笑って軽く首を振った。

「まぁ、とにかく。俺は知らない男じゃないから大丈夫だよね」

「え？」

「続きだよ。したくない？　まだ体は満足していないと思うけど」

「……っ」

そんなことない、と言いたいのに声が出なかった。嘘もつけず誤魔化《ごまか》すこともできなかった。そうだ。いくら指で快感を与えられても体は満足していない。このままでは飢えて死んでしまうような飢餓感《きがかん》がある。

どう考えても、今のこの状況で体の疼きを止めてくれるのは、彼だけなのだ。

（だからって冬季哉くんと……するの？）

どうしても決心がつかなかった。目の前にいる彼は確かに魅力的な青年だが、思い出した以上、冬季哉は思い出の中の小さな男の子だ。八歳の男の子の面影が消えない。

「……だめだよ」

朱里はもはや粉々になった理性を必死でかき集め、声を振り絞った。

「どうして」

「だって、そんな……許されないでしょう？」

冬季哉は八つも年下の、しかも祖母も自分も世話になった杠葉家の御曹司だ。体の関係を結んでいい相手ではない。

「だから、だめっ……」

相変わらず体は彼を求めていたが、朱里はぶんぶんと首を振る。だが冬季哉はそんな朱里の言葉を一蹴《いっしゅう》した。

「許されないって――誰が許さないって言うの？」

貴公子らしく微笑んでいたが、その声はかすかに強張っていた。どこか有無を言わさない硬さがあり、神様に『駄目』だと言われても、聞き入れるつもりはないと言い切ってしまうような、そんな強さを感じる。

その迫力に気おされて黙り込んだ朱里を見て、冬季哉はタキシードのスラックスの前をくつろげて隆々と立ち上がった性器を取り出した。

「できるだけ優しくするから」

そしてそのまま朱里の濡れた蜜口に先端を押し当てる。

さすがにそれがなにかわからない朱里ではなかった。

挿入される——。

「あっ……」

いきなりの展開に胸がざわめく。ぞぞぞ、と首の後ろが粟立つ。それは処女を失うことへの恐怖ではなかった。これから与えられるだろう快感への背徳感と期待が、複雑に入り混じっている。

「ゆっくり、ね……」

冬季哉が朱里の両膝を持ち上げながら、体を押しつける。熱くて硬い肉杭が朱里の蕩けきった蜜壺へ徐々に押し込まれていった。

「はうっ、んっ……！」

指とは違う圧倒的な質量を持ったソレが、朱里の中を犯してゆく。まるで丸太に串刺しにされているかのようだ。

「ひ、あっ」

「大丈夫、息をして……」

息を止めて体を強張らせる朱里に気づいた冬季哉が、長いまつ毛を瞬かせる。

「んっ……はあっ……」

言われたとおり、無我夢中で大きく息を吸い込むと、少しだけ全身から強張りが抜ける。冬季哉はそれを確認してから、また腰を進めていく。

「ねぇ……朱里ちゃん……入っていくの、わかる？　ほら、朱里ちゃんがずうっと、待ちに待ってた男のオ○○○○だよ」

冬季哉の口から上品な顔に不似合いすぎる、卑猥《ひわい》な単語が零《こぼ》れ落ちるのを聞きながら、朱里ははくはくと唇を震わせた。

中が熱い。苦しい。なのに、気持ちがいい。

「気持ちいい？」

そして冬季哉は蕩けるような甘い声でささやいた。

「やだ、そんなこと、言わないで………あぁっ……」

朱里は正真正銘の処女だ。だが媚薬のせいなのか、それとも冬季哉がさんざん慣らしてくれたおかげなのか、破瓜《はか》の痛みはほとんど感じなかった。むしろ入れられているだけで、あそこがきゅんきゅんと締まっていくのがわかる。

「あ、あっ……」

朱里が全身をピンクに染めて喘ぐ姿を見下ろしながら、冬季哉も満足そうに目を細める。

「あぁ、ほんと最高……気持ちよくて、溶けちゃいそう……」

そして自身の屹立《きつりつ》を最奥まで押し込めていた。

──トン。体の奥に、熱い先端が届く。

「ひゃんっ……！」

痛みをかき消すような甘美な衝撃に朱里が悲鳴を上げる。

「奥まで入ったね。ちょっとだけ動いていい？　激しくはしないから」

冬季哉は朱里の膝裏から手を離すと、今度はウエストをつかんで、ゆっくりと自身の腰を前後に揺らし始めた。

「あ、あんっ、あっ……」

「奥は指が届かなかったから、どこがいいのかわからなかったんだ」

冬季哉はふうっと息を吐き、丹念に己の肉棒で朱里の中を確かめていく。

「ここかな」

「あっ」

「こっちかな」

「んんっ……！」

冬季哉に突かれるたび、朱里の体はびくんびくんと跳ねる。それどころか彼の動きに合わせて、朱里の腰も動いてしまう。

（気持ち、いいっ……）

朱里は唇を震わせながら身もだえする。

「朱里ちゃん、突くたびにおっぱいがぽよぽよ揺れるの、すごくえっちだなぁ……」

冬季哉は目の縁を赤く染めながら、欲に濡れた艶っぽい目で朱里を見下ろす。

「あ……ときや、くんっ……わたし、もうっ……」

朱里はシートに爪をたてながら、彼を見上げた。

「もうイッちゃう？」

冬季哉はほんの少しだけ意地悪そうに唇の端を持ち上げながら、問いかける。

「ん、あっ！」

朱里はこくこくとうなずきながらぎゅうっと目を閉じていた。

(私、また……また、ずうっと、気持ちいいばっかりで……)

はしたない。小さい頃を知っている、こんな年下の男に抱かれて、淫らに腰を揺らして、快感をむさぼってしまうなんて。

自分が恥ずかしくて仕方ないのに、それを上回る快感が朱里をおかしくしてしまう。

「こんなの、だめ、なのに、あっ、ああ、はぁっ……や、いやっ……！」

だが、実際、彼のモノが与える快感は強烈だった。

たった数回突かれただけで、体がぐるりと裏返ってしまうような、得も言われぬ快感が足元から駆け上がってきて、つま先が痺れていく。

「だめって……そんなわけないでしょ……相手は俺だよ？　いいに決まってる」

冬季哉は朱里の言葉を聞いて、軽く不服そうに眉をしかめる。そして少し強引に、朱里の奥を突き上げてしまった。

「ひあっ！」

「俺だよ。俺だからいいんだ。十一年前からずっと思ってた。俺だから……悪いことなんてなにも、ないっ……！」

「あ、あっ、ああんっ、あっ……！」

いやいやと首を振る朱里を見ながら冬季哉は腰を引き、一気に腰を打ちつけ始める。パンパン、とふたりの肌がぶつかる音が響く。突き上げられるたびにシートの上で体が跳ねた。

「朱里ちゃん、朱里ちゃんっ……ずっと、ずっと、こうしたかった……！」

ずり落ちそうになる朱里の体を冬季哉は両手で抱き上げると、膝の上にのせて下からさらに激しく突き上げる。その瞬間、目の前に火花が散った気がした。

「あ、とき、やっ、くんっ……」

朱里は無我夢中で冬季哉の首の後ろに腕を回す。ぎゅうっと唇を噛みしめて、押し寄せてくる快感を待ち受ける。

「や、あっ……！」

「あか、り、ちゃん、おれも、イクッ……！　全部受け止めてっ……！」

朱里の最奥で冬季哉のモノが大きく膨《ふく》れ上がり、そして弾《はじ》ける。息も止まりそうなくらい強く抱きしめられて、朱里は背中を反らせながら悲鳴を上げていた。

「あ、ああっ、あーっ……！」

朱里の蜜壺がきゅうきゅうと冬季哉の肉杭を締めあげ、彼の吐き出す白濁を飲み込んでいく。

（きもち、いい……）

全身からすうっと力が抜けて気が遠くなる。体の奥がじわじわと温かく満たされてゆく。ようやく、媚薬を飲まされてから感じていた渇きが、満たされる気がした。

（でもまさか冬季哉くんと、こんな……）

薄れゆく意識の中、朱里はぼんやりと冬季哉の端整《たんせい》な顔を見つめる。彼の瞳の中に、思い出の小さな男の子が重なった。

「ごめんね……」

どうしてこんなことになってしまったのかわからないけれど、巻き込んでごめんね。

朱里はかすれた声で謝罪の言葉を口にし、それからゆっくりと瞼を閉じる。

狭くなる朱里の視界の中で、彼は軽く肩で息をしながら、まるで花がほころぶように美しく微笑む。

「ほんとに君は変わらないなぁ……そんなこと気にして、相変わらず優しくて……他人のことばかり気にかけてさ」

冬季哉は傷痕が残る朱里の右の肩口にそっと唇を押しつけた後、朱里の唇に触れるだけのキスを落とす。

それは激しい行為の後には少し不似合いな、温かな口づけだった。

(そんなこと、じゃないよ。冬季哉くん……)

杠葉家の御曹司にこんなことをさせてしまうなんて、どれほど謝っても足りないくらい、本当に申し訳なく思う。

(ああ、でもどうして私は、あんなところにいたんだろう……？　なぜ、冬季哉くんは私を助けてくれたの？)

結局この状況に関しては、なにひとつ答えは出ないままだ。

知るべきではないかと思う朱里は、必死に声を絞り出した。

「冬季哉くん、どう、して」

「――いいからおやすみ」

朱里の質問を封じるように、冬季哉の指がそうっと朱里の唇の表面を撫でる。

「ね。今はおやすみ、朱里ちゃん」

「……」

そうやって何度か撫でられていると、魔法にかけられたかのように強烈な眠気が襲ってきて、朱里はゆっくりと意識を手放したのだった。

◆　◆◆　◆◆　◆

きぃーききき、と特徴的な鳥の鳴き声が響く。都内でもっとも旧く由緒正しい住宅地に広大な屋敷を持つ杠葉家では、多くのメイドたちが日夜働いている。

(相変わらず、拭きごたえのある廊下ねぇ……)

十七歳の朱里は、ふふっと笑いながら薄いゴム手袋をした手で床に雑巾をかける。

高校二年の夏休みから、祖母の伝手で杠葉邸でアルバイトを始めた。秋の気配が深まり、そろそろ三ヵ月が経《た》とうかというところだ。

同じ仕事をしている仲間は二十人ほどいて、全員お揃いのメイド服を着用している。クラシカルなメイド服は杠葉家からの支給品である。少し時代錯誤感はあるが百年以上前から同じスタイルで通しているらしい。さすが日本有数の旧家といえよう。

「おいあかり、あかりっ!」

「きゃっ」

その日も朱里は膝をついてせっせと廊下を拭いていたのだが、いきなり後ろから髪を引っ張られて、のけぞってしまった。

「ぼくが呼んだらすぐに来いって言っただろ！」

振り返ると、杠葉家のひとり息子である冬季哉が、朱里の長い三つ編みの端を握りしめて、唇を尖《とが》らせている。

（ひえー、冬季哉おぼっちゃまだ！）

朱里は頬を引きつらせたが、冬季哉の登場にその場にいたメイド全員が一瞬でうんざりした表情になった。

彼の名は杠葉冬季哉という。冬に九歳になる小学三年生だ。

仕立てのいい白いシャツに身を包み、膝が隠れるほどのズボンをサスペンダーで吊っている。姿かたちはラファエロが描く西洋画の天使のように愛らしいが、中身は相当な【クソガキ】だった。

本来息子をしつけるべき両親は海外で暮らしており、彼は同じ屋敷に住む祖母から溺愛されている。わずか八歳にして最強の暴君であり、残念ながら少年に逆らえる者などこの屋敷にはひとりもいない。

一応、朱里は助けを求める視線を周囲に向けたが、一斉に背けられてしまった。

『頑張って！』と皆の顔に書いてある。どうやら見捨てられてしまったらしい。

「おいあかり、こっちにこいっ！」

「いたた……」

朱里は髪を引っ張られながら彼のあとをついて歩く。ある程度離れたところで手を伸ばし冬季哉の手を両手で包み込んだ。

「冬季哉さま、お手を離してください。髪を引っ張られると痛いし、歩きにくいです」

「っ……」

冬季哉はハッとしたように髪を握っていた手を離し、朱里の手をぎゅうっと握りしめる。それからきょろきょろと視線をさまよわせながら、唇を尖らせた。

「おっ、お前がグズだからいけないんだぞっ」

「申し訳ございません」

理不尽極まりないが、八歳の子供相手に本気で怒っても仕方ない。しかも彼は杠葉の将来の当主だ。雇い主の大事な孫を邪険《じゃけん》にするわけにはいかない。

朱里はにっこり笑って、丁寧に頭を下げた。

「わかればいいんだ！」

冬季哉はしおらしい態度の朱里を見てフフン、と鼻で笑うと、気を取り直したように自分の部屋のドアを開けて、入り口に立つ朱里を後ろから無理やり押し込んだ。

「はいれっ」

「はいはい、わかりました」

こうなったら冬季哉の気が済むまで付き合うしかない。

（はぁ……相変わらずすごい部屋……これで子供部屋なんて信じられないわ）

冬季哉の子供部屋は立派なバルコニーがついた三十畳ほどの非常に豪華《ごうか》な洋室で、天蓋《てんがい》付きのベッドの側には天体望遠鏡、部屋の端にはグランドピアノが置かれている。床には海外の本などが無造作に積み上げられていた。

「なにかご本でも読みますか？　それともボードゲームをして遊びましょうか」

冬季哉は超名門大学の付属小学校に通っているのだが、同年代の友達と遊ぶのが得意ではないらしく、この屋敷に友達を招いているのを見たことがなかった。

（『どうしてお友達と遊ばないんですか？』って聞いて怒らせちゃったから、もう言わないようにしないと）

自分のような年の離れたメイド相手でないと冬季哉は遊べないのだ。

「知らない鳥がいるんだ」

冬季哉は朱里をそのままバルコニーのある窓際まで連れて行くと、目の前の木々に向かって指をさす。

「お前、あの鳥の名前を知ってるか」

「鳥ですか？」

毛足の長い絨毯《じゅうたん》に足を取られつつ、朱里は窓辺に顔を近づけ外を眺めた。

冬季哉の指さした方向に鳥がとまっていた。それほど鳥に詳しいわけではないが、じいっと注意深く見ていると、きぃーききき、と特徴的な声が聞こえてくる。

「あれは……モズですね」

「もず？」

「ええ。モズの早贄《はやにえ》はご存じないですか？　捕らえた獲物を木々の枝先に突き刺す貯食《ちょしょく》行動をする、ちょっと変わった鳥なんですよ」

「はやにえ……ふぅん。かしこい鳥がいるんだなぁ」

百三十センチに満たない少年は、朱里の横に並び、背伸びしながら窓の外を眺める。つま先立ちする冬季哉は、とても無防備だった。

朱里はふふっと笑みを浮かべ、彼の緩く波打った丸い後頭部を見つめる。

（こうしてたら、普通のかわいらしい男の子なんだけど）

髪を引っ張られたことを忘れていた朱里は、つい愛《いと》おしい気持ちになって、うっかり彼の頭に手を伸ばしてしまった。柔らかな髪に指を絡《から》ませた瞬間、冬季哉はびくっと体を震わせる。

「あっ、すみません」

慌てて手を離すと、冬季哉は大きな目を見開いて叫ぶ。

「あっ、あかりがぼくをなでたいならいいいっ！　たくさんなでろ！」

朱里の手をつかみそのまま自分の頭に押しつけてしまった。グリグリと、だ。

こちらをまっすぐに見つめてくる彼のつるつるの頬は赤く染まり、瞳は光を反射して、宝石のように輝いている。

（かわいい……）

ここで、もし自分に弟がいたら——と夢想してしまうのは、家族というものへの憧れを、捨てきれていないからだろうか。朱里には半分だけ血の繋がった妹がいるが、彼女はまったく姉を姉だと思っていない。朱里を大事に思ってくれるのは祖母だけだ。

撫でろとストレートに甘えてくる冬季哉が愛おしい。

「そうですね。ではお言葉に甘えて、撫でさせていただきます」

ぐいぐいと頭を押しつけてくる冬季哉の背中をそうっと抱き寄せる。冬季哉は嫌がらずに、素直に朱里の腹のあたりに頬を押しつけてきた。

（あったかい……）

細くて小さくて、きゃんきゃんと吠える小型犬のように近づいてくる冬季哉が、かわいくてたまらない。

「……あかり」

朱里に頭を撫でられていた冬季哉はしばらくそうやって体を預けていたが、ふと思いきったように顔を上げた。

「なんですか？」

「ちゅっ……ちゅー、してもいいんだぞ」

「っ!?」

ほんわかしていたところで突然キスを所望され、朱里はぎょっとした。

「そ、それはだめですよ！」

意図せず大きな声が出てしまった。誰かに聞かれたら大変だ。部屋の中だから大丈夫だとわかっているが、思わずあたりをきょろきょろと見回してしまった。

「なんでだよ。おとうさまとおかあさまは、ハグしたらチューするんだぞっ」

一方冬季哉は、朱里に対して不満そうに唇を尖らせる。

（ハグしたらチュー……って。冬季哉さまのご両親って、そういう感じなんだ）

アルバイト歴三ヵ月の朱里は一度も会ったことがないが、大層な美男美女でいらっしゃるというのは、ほかのメイドたちから話に聞いていた。

両親のことが好きだから、親の真似をしたいのだろうか。

（でも私がチューって、それは違うでしょう……アルバイトを首になってしまうわ）

朱里は両親から働いて家計を助けるよう、きつく言われている。

高校生になってから複数のアルバイトを掛け持ちしている朱里を見かねたキヨが、昔の伝手を駆使して杠葉家のメイドに推薦してくれたのだ。夏休みの間はほぼ一日中、学校が始まってからは土日のみだが、高校生では得られない高給のため、できれば長く続けたかった。

（うまく断らなきゃ……）

朱里は期待に満ちた目でこちらを見つめてくる冬季哉をじいっと見下ろした後、言葉を選びながら言い聞かせる。

「冬季哉さま。ちゅーは、大人になってからするものです」

「おとなっていつだよ」

むっとした表情で冬季哉が尋《たず》ねる。

「まぁ……一般的には二十歳でしょうか」

そう、大人になって本当に好きな女の子ができたら、いくらでもキスをしたらいい。こんなかたちで大事なファーストキスを失う必要はない。

（なにより私だって、キスなんてしたことないのに！）

今の朱里に人を好きになる余裕はないが、もしかしたらいずれ恋をすることがあるかもしれない。子供の冗談にまともに付き合ってはいられない。

「はたち……大人になってから……そうか。わかった。待つことにする。約束だぞっ」

冬季哉は少し不満そうな顔をしていたが納得したようだ。朱里に抱き着く腕に力を込めて、また柔らかな頬をすりつけてくる。

（約束……？）

一瞬、頭の中にクエスチョンマークが浮かんだが、懐いてくる冬季哉のかわいさにすぐにその疑問を忘れてしまった。

普段からこうやって素直であれば、もっと周囲に愛されるだろうに、なぜか冬季哉は乱暴者で、周囲の人を困らせてばかりだ。

(ご両親が側にいないのが、寂しいのかもしれない)

彼を溺愛する祖母と一緒に暮らしているとはいえ、小学生の男の子が両親と離れて生活するのはあまりよくない気がする。

(もしかしたら私に、お母さんを重ねているのかも)

そう思うと、朱里は無下に冬季哉を突き放せないのだった。

◆　◆◆　◆◆　◆

ぴぴぴ、と鳥の鳴き声がする。

「ん……うん……」

今、何時だろうか。朱里は、目をこすりながら寝返りを打つ。

(起きなくちゃ……今日はおばあちゃんのデイサービスの日だし……)

体がだるくて重いが、三つのアルバイトと祖母の介護もしている朱里に休日はない。

なんとか体に力を込めて上半身を起こす。全身がひどく強張っていて、動かすたびにギシギシと体が悲鳴を上げていた。

すっきりと目が覚めないまま、朱里はぼうっとした表情で、ふわふわとあくびをする。

（それにしても、とんでもない夢を見てしまった……）

なぜか自分が人身売買のオークション（？）にかけられており、そこから助けてくれた青年が、十一年前お世話していた子供だったり。しかも媚薬を飲まされたらしい朱里は、その体の疼きをとめることができず、彼と一夜を共にしてしまったのだ。

本当にめちゃくちゃな夢だったなぁ、と瞼をこすりながら目を開けた朱里の前に、信じられない光景が広がっていた。

「……え？」

まず太陽の光がさんさんと差し込む大きな窓が目に入る。部屋の奥に鎮座《ちんざ》している立派なグランドピアノが、南向きのバルコニーから差し込む日の光でキラキラと輝いていた。

「ん？」

朱里はぐるりと部屋の中を見回す。目に飛び込んでくるのは、若草色の美しい模様の壁紙、シックな調度品の数々だ。

窓際の丸テーブルや緻密《ちみつ》な細工が施された椅子、オリエント趣味の長椅子、透明なガラスの花瓶など、どれも風格を感じさせる立派なものばかり。寝ていたベッドはなんとロイヤルブルーカラーの天蓋がついた豪奢《ごうしゃ》なもので、普段使っているシングルベッドの何倍もの大きさがある。しかも朱里が身に着けているのは肌触りのいいコットンのネグリジェで、いつものペラペラのパジャマですらない。だが自分で着替えた記憶はまったくなかった。

（ここは……？）

朱里はごくりと息をのむ。間違いない。昔と壁紙などは変わっているが、十一年前、朱里が勤めていた杠葉邸だ。ということは昨日の出来事は夢ではなかったことになる。

「嘘でしょ……」

いろんなことを思い出すと体が固まる。両手で顔を覆い、ベッドの上から動けないでいると、ガチャリとドアが開いてひとりの青年が姿を現した。

冬季哉だ。白いU首のカットソーの上にシャツを羽織り、黒のストレッチパンツとレザースニーカーというシンプルないでたちで、部屋の中に入ってくる。

「あっ、あの、冬季哉くんっ！　私どのくらい寝てた!?　おばあちゃんに連絡しないと、あと、アルバイト先も……！」

朱里はあたふたしながら冬季哉に呼びかけたのだが、冬季哉は体を起こした朱里を見つめて驚いたように目を見開いた。

「朱里ちゃん……やっと目が覚めたんだね……！」

冬季哉は強張った表情で小走りで近づいてくると、いきなりその場に這いつくばり、額を床に押しつけ叫んでいた。

「朱里ちゃん！　俺のこと嫌いにならないで！」

あまりにも華麗な土下座で止める隙もなかった。

「えっ、ええっ!?」

なぜ土下座？　しかも『嫌いにならないで』と言われる意味がわからない。現在の状況や、祖母のことを聞きたかったのに、疑問が吹っ飛んでしまった。

「え、あの……いや、待って、どうしたのっ!?」

命の恩人の突然の奇行に戸惑いつつ、ベッドから降りて床で大きな体を丸めている冬季哉の肩に手をのせる。

「どうしたのって……三日前の夜のことだよ」

冬季哉は小さくため息をつき、ゆっくりと顔を上げて悲しそうに眉頭を寄せた。

「三日前？　昨晩じゃなくて？」

「そう。朱里ちゃんは三日間目を覚まさなかった」

金曜日の夜にあの事件が起こり、三日間も目が覚めなかったのなら、今日は火曜日ということになる。道理で体が重いはずだ。

啞然としていると、冬季哉は両手でそうっと朱里の手を取り包み込む。

「医者は今日にでも目を覚ますだろうって言ってたけどね……気が気じゃなかったよ」

そして声をひそめてささやく。ひそやかに――。

「俺がなにをしたか、覚えてるでしょ？」

かすかに色気をにじませた問いに朱里の肌がひりつく。まだ体中に冬季哉の残り香や口づけた感触が残っている気がした。

「それは……おっ……覚えてるけど。でも、冬季哉くんが謝ることなんかないよ……」

自分の痴態を思い出し、恥ずかしくなりながら消え入りそうな声で目を伏せる。

なにより冬季哉は朱里を助けてくれた。それは事実だ。だが冬季哉はかすかに唇を震わせて、ひどく申し訳なさそうに首を振った。

「あるよ。車の中で、初体験を済ませてしまった」

「え？」

「唐沢がね、『車の中で女性の初めてを奪うなんて最低でございますよ』って言うんだ」

「からさわ、さん？」

急に出てきた新しい名前に首をひねる。

「俺の世話役をしている、唐沢。三日前は運転してた」

「あっ」

そういえば昔、この屋敷に唐沢という名前の家令がいた気がする。朱里は末端のメイドだったので言葉を交わすことはほとんどなかったのだが、名前を出されたことで彼のことを唐突に思い出していた。

（でも、車の中で初めてを奪うって……えっ、なにをしていたか、知られてたってこと!?）

運転をしていたのが唐沢なら、知られていても仕方ないかもしれないが、これは相当に恥ずかしい。

朱里が絶句する一方、冬季哉は変わらずさめざめとした調子で言葉を続ける。

「唐沢に『嫌われても仕方ないことをした』って言われて、俺……初めて気が付いた。ほんとすげぇショックで……情けなくて」

ショックを受けるところはそこではない気がするが、肩を落とす冬季哉は本当にしょんぼりしていて、なぜか朱里の脳内で雨に打たれる寂しそうな大型犬と重なる。

「ごめんね……。本当にごめん。俺、大人になったはずなのに……全然、ガキだな」

しょぼしょぼと自身の指先を重ねたりこすり合わせたりしながら、冬季哉はうなだれている。あまりにも物悲しい雰囲気を漂わせていて、見ているこっちまで悲しくなってしまった。

「冬季哉くんのこと、嫌いになんか、ならないよ……」

朱里は彼に握られた手をすうっと引いて、うなだれる冬季哉の顔を下から覗き込む。

「えっ……ほんと？」

切羽詰まったような冬季哉の表情が一瞬、泣き出しそうに緩む。

「本当よ。それに、謝らなければいけないとしたら私のほうだから」

こちらを見ながら怪訝《けげん》そうな表情をした冬季哉の表情が、かつての幼かった冬季哉と重なった。あんなことになったのは、自分が媚薬を飲まされたせいだ。そして彼はそんな自分を助けてくれただけ。

朱里は羞恥《しゅうち》に耐えながらゆっくりと口を開く。

「だって、その……あの日は、私があんなだったから……冬季哉くんは、私のために、してくれたわけでしょ？」

「それは……」

冬季哉の瞳があたりをさまよう。

そう、あの夜の朱里は普通の状態ではなかった。そのことをとやかく言っても仕方ない。

「もしそうじゃなかったら、若い冬季哉くんが八つも年上のおばさんとしようなんて、思わないじゃない？」

冬季哉に気にしてほしくないと思った朱里は、自嘲《じちょう》しながら自身の頬にかかる髪を指でかき上げ耳にかける。

「だから冬季哉くんは悪くないわ。私こそ、迷惑をかけてごめんなさい」

少しも面白くないが、朱里はニッコリと微笑んでいた。

もうすべて忘れてほしい。そんな気持ちを込めつつ目を伏せたのだが――。

「おっ……おばっ、おばさんなんかじゃないっ！」

「っ!?」

至近距離で叫んだ冬季哉の声に驚いて、思わずビクッと体が震えた。

「で、でも私、冬季哉くんより八つも年上よ？」

同年代の中にいたら自分を『おばさん』だなんて思わないが、冬季哉は二十歳になったばかりだ。二十歳の男の子からしたら、アラサーの自分などおばさん以外のなにものでもない。特別おかしなことを言ったとは思わなかった。

だが冬季哉は引き下がらない。むしろ真剣な表情で必死に言い募る。

「年の差なんて関係ない。朱里ちゃんは昔もかわいかったけど、今はすごくきれいになった。眩しいくらいだ！　そもそも俺の人生で、朱里ちゃんよりきれいな女はひとりもいない！」

「えっ」

かわいい、きれいと連呼されて、朱里の顔にどんどん熱が集まっていく。

「そんな、お世辞なんて言わなくていいから……」

しどろもどろになりながら、朱里は視線をさまよわせる。心臓がドキドキして、苦しい。

お世辞を真に受けまいと必死に言葉をひねり出していた。

だが冬季哉はそんな朱里の反応が気に入らないらしい。

「俺が今更、朱里ちゃんにお世辞なんて言うはずないだろ……！」

冬季哉は体を震わせながら膝で立ち上がり、朱里の肩をつかんで顔を近づける。

「俺は朱里ちゃんが、ずっと、ずうううっと好きだった！　この十一年、朱里ちゃんのことだけ考えてた……！　順番は間違ったし、場所も……こうすればよかったって不満はあるけど、朱里ちゃんとしたことに関しては絶対に後悔なんかしてないっ！」

がむしゃらに、朱里への思いは嘘じゃないと語る冬季哉の表情は真に迫っている。

「冬季哉くん……」

ずっと好きだったという彼の発言に、朱里は衝撃を受ける。確かにたくさんいるメイドの中でも懐かれていたほうではあったが、そこまでとは思っていなかったのだ。

だがそれも当然だろう。彼は杠葉家の御曹司で、自分はアルバイトをしていただけのメイドなのだから。

しかも朱里は、最終的に杠葉家のアルバイトを首になっている。

（まぁ、首になっても仕方ないことをしたんだけど……）

朱里は右肩の傷のことを思いながら目を伏せる。

とにかく、そんな自分が彼に思われているなんて信じられなかった。

「朱里ちゃん……好きだよ。俺の気持ちは嘘じゃない。信じてほしい」

彼の言葉は強く、その眼差しはまっすぐだ。本当に好いてくれているのだろうというのが伝わってくる。だが朱里は、彼にどんな言葉を返していいか、わからない。

確かに目の前の冬季哉は立派な青年になっている。もう子供ではない。だからといって彼の気持ちを受け入れられるかというと、無理だった。

(彼は杠葉のひとり息子よ。身分違いもいいところだし……年が八つも離れているんだもの……一時の気の迷いに決まってる)

そうやって黙り込んだ朱里を見て、冬季哉はすぐに返事をもらうのを諦めたようだ。気を取り直したように口を開く。

「あの夜が朱里ちゃんにとって不本意だったのはわかってる。でもこれをきっかけに、俺のことをひとりの男として見てほしいんだ」

そして冬季哉は腕を伸ばし、そうっと朱里の体を抱き寄せる。

「朱里ちゃん。本当に、好きだよ。大好きだ」

耳元で響く声は少しかすれていて、抑えきれない熱を感じる。

さすがにここまで真剣な態度で思いを告げられたら、朱里ももうなにも言えなかった。

(冬季哉くん……)

シャワーを浴びたばかりなのだろうか、冬季哉の体からは上等な石けんの匂いがした。

第二章 「結婚するって決まってるんだ」

冬季哉から告白を受け、気がつけば時計の針は正午を回っていた。

「アルバイト先にはとうぶん休むって連絡入れているから、安心して」

「私のアルバイト先、知ってるの？」

冬季哉の発言に朱里が目を白黒させると、彼は「まぁね」小さくうなずく。

「あ、でも家にはすぐ帰らなきゃ。おばあちゃんが」

「そのこともちゃんと知ってるよ。派遣のヘルパーに連絡をとって、朱里ちゃんがうちにいることも説明させてる」

「え、ええっ!?」

なぜ彼がアルバイト先やヘルパーの連絡先を知っているのか気になるが、そんなことを言い出したら現状なにもかもが朱里の理解の範疇《はんちゅう》の外だ。

「ね、だから大丈夫だよ」

冬季哉は宥《なだ》めるように朱里の肩を撫でた後、思いついたようににっこりと微笑んだ。

「それより朱里ちゃん、おなかすいたでしょ？　すぐに用意させるからね」

「あ、うん。ありがとう……」

疑問はひとつも解消されていないが、一番大事な祖母に何事もないならとりあえずそれでいい、のだろうか？　朱里はこくりとうなずいた。

それから間もなくして、テーブルの上に焼きたてのデニッシュやクロワッサン、トースト、とろとろのスクランブルエッグにハム、ソーセージ、そしてフルーツがたっぷりのったサラダが並べられる。

（私、お客様でもないのに……）

給仕をしてくれたのはメイドたちで、朱里はいたたまれない気持ちになりながら、ずっとうつむいていたのだが、豪華メニューを見ると、思わずごくりとつばを飲み込んでしまった。

（でも、おいしそう）

寝ている間は点滴で栄養補給をしていたらしいが、目に美しい料理を見ると途端に空腹を覚える。

「飲み物はコーヒーと紅茶、こっちにミルクが入っているけど、なにか別に欲しいものがあったら言ってね。すぐに持ってこさせるよ」

「十分よ、冬季哉くん。ありがとう」

朱里は礼を言いながら、妙にウキウキした様子でサラダを取り分ける冬季哉を見つめる。

(それにしても、本当にすごくカッコよくなったなぁ……)

冬季哉は非常に見栄えのする男に成長していた。椅子に座って朱里の世話をしているだけなのに、やたらフォトジェニックで、まるで雑誌から抜け出してきたような容姿をしている。あの晩のタキシード姿の冬季哉も目が覚めるような美青年だったが、この学生らしい冬季哉も眩しいほどの美しさだ。シンプルな服装だからこそ素材の良さが光る。日の光がよく似合う、まさに杠葉一族の御曹司といったところか。

(やっぱり住む世界が違うわ……)

十一年前、朱里は高校生だったが今はもう大人だ。世間の格差というものを嫌というほど身にしみて感じている。なにしろ自分は家族というもっとも身近な社会の中でも、つまはじきにされているのだから。

朱里はデニッシュをちぎりながら、冬季哉に問いかける。

「あの……とりあえず食事が終わったらいったん家に帰るね。やっぱり、おばあちゃんのことが心配だし、気になるし」

杠葉邸から実家までなら一時間もかからず帰れるはずだ。だがそれを聞いて冬季哉は

『とんでもない』といわんばかりに首を振った。

「だめだよ、危険すぎる」

「……どうして？」

朱里は戸惑う。すると冬季哉は少し言いよどみつつも、口を開く。

「朱里ちゃんは……ちょっとよくないことに巻き込まれたんだ。その問題が解決されるまでは、ここにいたほうがいい」

「よくないことって……その、何日か前に私の身に起きたこと？」

朱里の問いに、彼は小さくうなずいた。

「そうだよ。朱里ちゃんはアルバイト先でヤクザに拉致《らち》されて、変態金持ち爺さんが主催するSMショーの奴隷オークションにかけられたんだ。あのまま客に買われていたら、精神が壊れるまでひどい目にあわされて、数ヵ月でぼろ雑巾みたいになって死んでたと思うよ」

「……っ？」

拉致、SMショーの奴隷オークション、ぼろ雑巾。まるで映画かドラマのような単語が出て来て、朱里は戸惑う。嘘だと思いたいが、実際に自分が体験したことだ。

（でもなぜ私なの……？）

特別若くもなく、容姿端麗《たんれい》というわけでもない。朱里は自分にそれほど女としての価値があるとは思っていない。おかしいと思いながらもしどろもどろに言葉を続ける。

「じゃ、じゃあ、せめて警察に……」

「残念ながら警察に行ったところで、立証できないと思う」

「どうして？」

当事者である自分が証拠になるはずだが、違うのだろうか。

戸惑う朱里の表情を見て、冬季哉ははっきりと言いきった。

「あれはね、表向きはわりと有名な篤志家《とくしか》が主催した『恵まれない子供たちのためのチャリティーオークション』だったんだ。その裏で、選ばれた客相手に非合法オークションが開催されていたわけだけど……。だから朱里ちゃんが警察に自分の身に起こったことを説明しても、証拠なんか見つからないよ」

「そんな……」

冬季哉の冷静な言葉に朱里は言葉を失った。

まともなオークションの裏で、人身売買が行われていた。

自分は被害者だと警察に名乗り出たところで、証拠はなにひとつない。頭がおかしい女だと思われて門前払いされてしまう、ということらしい。

「でも……」

だからといってこのままでいいとも思えない。

言いよどむ朱里を見て、冬季哉はそうっと頬に触れて優しくささやく。

「大丈夫だよ。朱里ちゃんのことは俺が絶対に守るから。だから今日はここにいて。とりあえず俺がキヨさんの様子を見に行ってくるから、ね？」

冬季哉の口から、唐突に祖母の名前が出てドキッとした。

アルバイトのことといい、不安を先回りする発言に、朱里の胸はざらついてしまう。

彼は朱里のことを知りすぎていないだろうか。

「冬季哉くんは、全部わかってるの……？　私がどうして拉致されて売られそうになったのか」

そしてなぜあの会場にいて、朱里を助けてくれたのか。

知りたいと思うのはおかしな話ではないはずだ。

「――そうだね」

軽い調子でうなずく冬季哉は、どこか冷めた表情をしていた。だがいくら待っても、それ以上はなにも言わない。じれったくなって朱里は尋ねる。

「どうして教えてくれないの？」

「まだすべてを確かめたわけじゃないからだよ」

冬季哉はきっぱりと答えて、それからにっこりと上品に微笑んだ。

「いずれ話すから、今は俺の言うことを聞いてほしい」

口調は柔らかいが反論は許さないという圧を感じる。

冬季哉は三日前のことも含め、今はなにひとつ朱里には教えてくれるつもりはないのだろう。

（どういうことなの……）

せめてわかっていることでも、予想でもいいから教えてくれたらいいのに。そう思う自分がおかしいのだろうか。朱里が黙り込むと、冬季哉が紅茶の注《そそ》がれた薄いティーカップを上品に口元に運びながら目を細める。

「ここにいれば安心だから。ね、朱里ちゃん」

安心？　本当に？

この笑顔は、優しさは本物なのだろうか。

確かに彼は自分を助けてくれたが、胸騒ぎがする。

朱里を見つめる冬季哉の眼差しは穏やかだったが、その美しい瞳の奥にはどこか不穏な光が宿っているように見えた。

そして、その胸騒ぎはあっという間に現実になり、朱里を戸惑わせることになる。

食事を終えたあと、冬季哉は『この部屋に鍵をかける』と軽やかな口調で言い放ったのだ。

「えっ、部屋に鍵をかけるの⁉」

思わず耳を疑ってしまったが、冬季哉は特におかしなことを言ったという意識はないらしい。

「部屋の中にトイレも浴室もあるから別に困らないよ」

困るとか困らないとかそういう問題ではないと思うのだが、冬季哉は違うようだ。

朱里は戸惑いながら問いかける。

「その……鍵をかけるっていうのは、私に屋敷内をうろついてほしくないってこと？　杠葉邸には貴重な物も多いし、わからないでもないけど」

孫を溺愛していた彼の祖母はすでに亡くなっているらしいが、両親は相変わらず海外暮らしで、現在は冬季哉がこの屋敷を管理しているようだ。しゅんとしおれる朱里を見て、それまでニコニコしていた冬季哉は慌てたようにブルブルと首を振る。

「ちっ、違うよ⁉　そうじゃない、朱里ちゃんを信じてないとかそういうことじゃない。これは朱里ちゃんを守るためだから」

そして冬季哉は口元をテーブルナプキンでぬぐうと、すっと立ち上がる。メイドが朱里のバッグを持って部屋に入ってきた。

「あ、私のバッグ……！」

「取り返しておいた」

冬季哉はにっこりと笑って、バッグを受け取り朱里に差し出した。

「別に朱里ちゃんを永遠に閉じ込めようってわけじゃないんだ。あくまでも問題が解決するまでの間、誰にも関わってほしくないってだけ」

そして椅子に座った朱里の肩に手を乗せて、優しく頬にキスをする。

「じゃあ俺は大学に行くから。また後でね」

「う、うん……」

不意打ちでキスされた頬が熱い。思わず手のひらで押さえつつ朱里がこくりとうなずくと、彼はほっとしたように微笑む。

「なにかあったら電話して」

とテーブルの上に置いたメモを指さし、部屋を出ていった。

朱里は椅子からそうっと立ち上がり、音を立てないように気をつけながらドアに耳を近づける。確かにガチャリと鍵をかける音がして、朱里は思わずその場にしゃがみ込んでいた。

「本当に鍵をかけちゃうんだ……」

少し怖いと感じる自分は、おかしいのだろうか。

(私、助けてもらったのに……恩知らずかもしれない)

朱里はそんな自分に落ち込みつつ、しばらく床で膝を抱えて座っていたが、こんなところでじっとしていてもどうしようもない。

　とりあえず着替えようと立ち上がり、部屋の端にあるクローゼットへと向かう。両開きの戸を開けると中にはたくさんの洋服がハンガーにかけられていた。

　色とりどりのワンピースからスカート、ブラウス、カットソー、等々、一ヵ月は余裕で着まわせそうな量だ。もしや、と思いその隣の引き出しを引くと、中には一目で一級品とわかる下着がぎっしりと詰められている。

　その隣には靴が、さらに帽子やハンカチまで、まるでショーケースのように美しく整然と並べられていた。ここだけですでに完成されたセレクトショップのようだ。

「わぁ……きれい」

　手前にあった下着のセットを取り出しサイズをチェックすると、イタリア製のそれはまるであつらえたかのように、朱里にぴったりだ。

（たまたま……よね？）

　朱里は一番シンプルに見える黒のワンピースとベージュのカーディガンを手に取り、バスルームへと向かった。

　コックをひねり熱いシャワーを頭から浴びる。じわじわと肌が温まっていくにつれて湯船に浸かりたい気分になったが、体が本調子ではないのでやめることにした。浴槽の中で倒れてしまったら大変だ。

髪や体を洗ったあとは、ドライヤーで丁寧に髪を乾かし、ドレッサーに並べてあった化粧品を少しだけ借りることにする。どれもすべて未開封品で、肌があまり強くない朱里でも使えるような、低刺激のオーガニック製品ばかりだ。洋服のことといい、まるで朱里がここにくることがずっと前からわかっていたような、そんな気がしてくる。

(まぁ、そんなわけないけど)

ワンピースに着替えて部屋の中にある大きな姿見の前に立つと、不思議と自分が輝いて見える。

普段の朱里はいつもセール品しか着ていない。美容院だって節約して、年に一、二回、伸びた分をカットしに行くだけだ。

「馬子《まご》にも衣装ね。こんな贅沢な服なんて、初めて着たわ」

朱里はクスッと笑って、ワンピースをつまんでくるりと回った。あさがおの花びらのように広がる裾を見ると、自然に頬が緩んだ。

ワンピースはやはり縫製が素晴《すば》らしく、まるであつらえたように体にフィットする。いったいどこのブランドなのだろうとタグをチェックしたが、どこにもタグがついていない。切りとった跡もない。

(オーダーメイドだったりして……いや、そんな……まさかね)

いつもは働きやすさ重視なので、美しい装いをすると無性にくすぐったくもある。ちなみにパンプスまで足にぴったりだった。

　杠葉家の広い敷地内には本館と別館がある。本館は杠葉の一族が普段住んでいる洋風の館で、明治、大正、昭和、平成と改修を重ねてはいるが、基本的には建てた当時の意匠《いしょう》をそのままにしているのだとか。そのため館の中は基本土足なのだ。

　メイドが十人、毎日掃除を欠かさないのも当然だが、この長期に及ぶ不景気な時代に、杠葉家はなにも変わっていないと思うと不思議な気分になる。

「これからどうしよう……」

　朱里は手持ち無沙汰《ぶさた》なまま椅子に座り、しばらくは窓の外を眺めたり、置いてある本を意味もなくペラペラとめくっていたが、五分も経たずに、いてもたってもいられなくなってしまっていた。

「おばあちゃん、大丈夫かな……」

　祖母は、朱里たち家族が住む敷地内の離れに住んでいる。ここ数年ですっかり足腰が弱ってしまい、ひとりでは買い物に行くのも難しい状態だ。デイサービスの人が来てくれているはずだが、それでも心配でたまらない。

（ああ……やっぱり気になるよ）

　家を離れて三日。冬季哉が様子を見に行くと言っていたが、そもそも信じていいのだろうか。好きだとも言われたし助けてもらったが、だからといって彼が朱里の祖母をどうしてくれるというのだ。

（だって、私にそんなことをしてもらえる価値はないもの）

祖母以外、人に大事にされた記憶がない朱里にとって、冬季哉の発言や行動を受け入れられる余裕はない。

信じて裏切られるくらいなら、最初から受け入れないほうが傷つかなくて済む。

それにアルバイトだって、三日も欠勤したら首になってしまうかもしれない。早く次の仕事を見つけなければ、生活が立ち行かなくなってしまう。

ここでいつまでもお客様扱いを受けている暇は自分にはなかった。

「――」

朱里はバッグを持って窓際へと向かう。窓を開けるとしっとりとした雨の気配をはらんだ風が吹き抜けて、朱里の黒髪を揺らす。

十一年前、ここで働いていた朱里は、杠葉邸の構造を覚えていた。正門から出れば目立つだろうが裏門の従業員用の勝手口なら、外から出る分には人目は少ないはずだ。

（やっぱり、行こう……！）

こうやって悩んでいる時間が惜しい。

朱里は窓から身を乗り出して周囲を見回して人がいないのを確認すると、窓の縁に足をかけ、よいしょと乗り越える。そっと足を伸ばすと柔らかな草の感触がつま先に届いた。

急に走り出さずその場で数分じっとしていたが、やはり誰かが近づいてくる気配はない。部屋の鍵をかけても、さすがに窓を乗り越えて出ていくとは思わなかったのだろう。

「よかった……」

朱里はほっと胸を撫で下ろしつつ、目立たぬように周囲に気を配りながら走り出す。

（冬季哉くん、ごめん……！　おばあちゃんの様子を見るだけだから……！）

体力には自信があったのだが、さすがに三日間寝たきりの直後は辛い。途中、何度か休憩をはさみながらバスと電車を乗り継ぎ、朱里は都内の実家へと戻っていた。腕時計に目を落とすと、午後六時を少し回ったところだ。日没まではあと一時間近くある。

築三十年の我が家は母が生きていた頃に建てた家だ。若干古めかしさもある。平屋で敷地は広いので両親は土地を売りたがっているようだが、名義は祖母なので手を出せないままだった。

家と同時期に建てた工務店は現在も父が経営しているが、義母と再婚してから業績は右肩下がりに落ちているらしい。景気の影響もあるし、身の丈にあっていない生活のせいでもある。

とにかく父と義母、妹は見栄っ張りで家計はずっと火の車なのだ。

朱里は自宅に戻らず、祖母が住む敷地内の離れへと向かう。ドアの前でバッグの中の鍵を探していたところで、背後から声がした。

「朱里さん？」

振り返ると、スーツ姿の男性が母屋の玄関から出てくる。

「水科《みずしな》くん……」

彼の名は水科孝之《たかゆき》といった。成美《なるみ》の恋人で、もともとは朱里の高校の同級生でもある。冬季哉ほどではないがすらりと背が高く、穏やかな風貌《ふうぼう》の持ち主だ。彼の家は祖父の代から三代続く地主の家系で、いわゆるおぼっちゃまで人当たりもいい。

高校生くらいまでは男性関係も派手だった成美だが、大学生になってからは『男は選ばないと』といい、周囲の男性の中で、もっとも将来性がある孝之を選んだのだ。

だが、彼が自宅から出てきたということは――。

「うそ、お姉ちゃん？」

案の定、同じドアから着飾った成美が怪訝そうな表情で姿を見せた。どうやらふたりで出かけるところに、運悪く鉢合わせしてしまったらしい。

「今から食事に行くんだ。ご両親も来られるし、よかったら朱里さんもどうかな」

朱里の緊張した様子に気づかないまま、孝之は人のよさそうな笑顔を浮かべて近づいてくる。

だが即座に成美が砂糖菓子のように甘い声で孝之に呼びかけ、彼を引きとめた。

「ねぇ孝之さん、車はまだ？　パパとママがレストランで待ってるから早くしないと」

「あぁ……そうだね。すぐに取ってくるよ」

孝之は少し後ろ髪を引かれるようなそぶりを見せたが、結局成美には逆らえないようで、いそいそと駐車場へと向かっていった。

（お父さんとお義母さんも一緒なんだ……）

祖母と自分抜きでレストランで食事など、これまで当たり前のように行われてきたことだ。今更驚いたりはしない。孝之が敷地内から消えた瞬間、成美は急に怖い顔になって、朱里をにらみつけてきた。

「お姉ちゃん、まさか一緒に行きたいなんて言わないよね。孝之さんは私の恋人なんだから。邪魔しないでよ」

薄いピンクのツーピースを着た彼女は、ハッとするほど清楚《せいそ》で美しい。黙って微笑んでいれば、誰もが彼女を控えめで清純な女性だと思うだろう。きっと成美なら夢をかなえて女子アナにだってなれるはずだ。

だが成美は朱里には厳しく、いつも鬼の形相《ぎょうそう》になる。愛らしい顔を歪めて今にも噛みついてきそうな険《けわ》しい表情で迫ってきた。

「あの人は優しいだけで、お姉ちゃんのことなんか、なんとも思ってないんだからね！」

「ええ、わかってるわ。勘違いなんかしないから……」

朱里は怒らせないよう言葉を選びながら、やんわりと微笑んだ。

学生時代からの顔見知りということもあってか、孝之は恋人の姉である朱里のことも気遣ってくれる。今日みたいに何度か家族の食事にだって誘ってくれたこともある。本当にいい人だと思う。だがそのたびに妹が不機嫌になるので、正直放っておいてほしい。空気を読まない孝之の距離の詰め方が、朱里は少しだけ苦手だった。

(水科くんと私が、どうこうなるはずもないのに)

「あの、私はおばあちゃんのところに行くから。じゃあね」

逃げるようにこの場を立ち去ろうとした朱里の腕を成美は後ろからつかみ、強引に引き寄せた。

「ちょっと待って」

「あっ」

思わずよろめく朱里だが、成美はまったく気にする様子もなく、朱里の頭の先からつま先まで見て怪訝そうに目を細める。

「なにその格好。ずいぶんいい服着てるじゃない」

「私の服じゃないのよ、借りただけ」

さすがいつも一流の品しか身に着けない成美だ。一目でそうとわかったらしい。

だが言葉に嘘はない。借りただけだ。杠葉邸のクローゼットから借りただけ。なにひとっ朱里のものではない。

「じゃあなんなの？　誰に借りたの。お姉ちゃんにそんな服を持ってる友達なんていないでしょ」

よっぽど気になるのか、失礼なことを口にしながら成美が食い下がる。

「誰って……」

さすがにここで杠葉の名前は出せない。

朱里がかつて杠葉邸でアルバイトをしていたころ、成美は冬季哉と同じ八歳だった。当時のことを覚えているとは思えないが、杠葉の名を聞けば余計こじれる気がした。

(どうして杠葉家にお世話になっているかなんて、言えないもの)

朱里が言いよどんだところで、成美が不愉快そうに頬を引きつらせる。

「なに、言えないの？」

ピリッとした空気に嫌な予感がしたが、やはり本当のことは言えなかった。

「……成美の知らない人よ」

いつまでもここで成美と押し問答をしている暇はない。

冬季哉になにも言わず杠葉邸を抜け出してきたのだから、祖母の様子を見て、彼が帰ってくる前にあの部屋に戻っておきたかった。

「ごめんね、急ぐから」

成美の手をそうっと払う。すると彼女はああ、と納得したように声を上げた。

「もしかして、パパとママが言ってたの、本当なの？　お姉ちゃんが夜の仕事始めたって」

「――え？」

顔色が変わった朱里を見て、成美はパッと笑顔になる。

「あ、やっぱりそうなんだ！　とうぶん帰ってこないから、部屋を使っていいって言われてたの。物置にするつもりなんだけどいいわよね？」

不意打ちに近い妹の発言に、朱里は言葉を失ってしまっていた。

(それって……)

頭が真っ白になり、全身から血の気が引いていくのが自分でもわかった。握りしめた手がぷるぷると震え始める。一方、成美はすべてを理解したと言わんばかりにぱちんと顔の前で手を叩くと、明らかに見下した目で朱里に顔を近づけささやく。

「どんな仕事か知らないけど、その様子じゃお金になるみたいね？　家族の役に立ててよかったね、お姉ちゃん」

『夜の仕事を始めた』

『とうぶん帰ってこない』

父と義母が、成美にそう語ったということなのだろうか。朱里の胸はひゅうっと締めつけられる。

本当は『拉致された』と冬季哉から聞いて、もしかしたら父と義母が関わっているのかもしれないとは考えていた。

ここ数ヵ月、稼ぎが少ないとねちねち言われ続けていたからだ。

ただそれを受け入れたくなかっただけ――。

（いくらなんでも、信じたくなかった……）

義母にとって、朱里は先妻にそっくりで目障りな存在だったらしい。なにかと辛くあたられていたが、朱里は仕方ないとも思っていたし、いろんなことを諦めていた。

そもそも二十年間、すべてが悪い思い出だけではない。成美が生まれるまでは義理とはいえ、それなりに母子らしい触れ合いも多少はあった。朱里はその数少ない思い出を、掌中《しょうちゅう》の珠《たま》のように、大事にして生きてきたのだ。

だがそれは幻想だった。家族だと思っていたのは自分だけ。父にいたっては、血を分けた実の親子だというのに見捨てられた。冬季哉に助けられなければ、自分は生きて戻ってこられなかっただろう。

（そもそも、どういう伝手なの？　もしかして非合法なところからお金を借りて……それで返せなくなってしまったとか……？）

まっとうに働いていれば人身売買などかかわりがあるはずがない。自分が思っている以上に、とっくに朱里の家は崩壊していたのかもしれない。

(信じたくないけど……あぁ……)

自分は愛されていない。むしろ邪魔者だった。苦しくて息が止まりそうになる。なぜいつまでも家族という空虚な関係に縋《すが》りついていたのだろう。そんな自分が情けなくて、涙が出そうになる。

(苦しい……)

胸の真ん中にぽっかりと大きな穴が開いているのがわかる。裏切られた悲しみで頭がおかしくなりそうだ。

荒れ狂う激情に体が震える。激しい眩暈《めまい》がして立っているのがやっとだった。

「ねぇ、お姉ちゃん。お小遣いちょうだいよ」

唐突に、成美が自身の美しく塗られた爪を眺めながら、青ざめた朱里にささやく。

「え……?」

「新しい靴が欲しいの。とりあえず五万でいいから」

そして臆面《おくめん》もなく、手を差し出してきた。

彼女には人の心がないのだろうか。明らかに傷ついた姉の様子がわからないはずがないのに、こちらの顔すら見ない。

「……そんなお金、ないわ」

アルバイトしたお金の大半はほぼ両親に渡している。そしてその一部は成美が身に着けるブランド品に変わっているのだ。

そう、祖母の介護費用なんかじゃない――。

本当はわかっていたのに、追及できなかった。なにも考えたくなくて、ただ日々をやり過ごしていたのだ。その罪が今の自分を苦しめている。

こめかみのあたりがズキズキと痛む。うまく息ができない。胸が苦しい。

泣きたくなる気持ちを必死にこらえて、朱里はゆるゆると首を振った。

「お金なんかない。無理なのよ」

「じゃあその仕事場で前借りしたらいいじゃない。五万くらい一日で稼げるんでしょ？」

「だからそういう仕事をしているわけじゃないんだってばっ……！」

家に帰れなかったせいで成美は『姉は夜の仕事をしている』と思っているようだが、現実は違う。それどころかアルバイトだって首になっているかもしれない。

「はぁ？　なにそれ。パパとママが嘘ついてるってこと？　意味わかんない！」

成美はあからさまに不機嫌そうに顔を歪め唇を嚙みしめると、いきなり両腕で朱里の胸を突き飛ばした。

「ほんと、これ以上イラつかせないでよっ……！」

「っ……！」

不意打ちで体を突かれて、スライディングドアに背中を打ちつける。あまりにも子供っぽい癇癪《かんしゃく》の起こし方に、朱里は痛みよりも先に、面食らってしまった。

成美は冬季哉と同い年のはずだ。なぜこんなに人としての振る舞いに差があるのだろう。比べても仕方ないのはわかっているが、体を起こしながらそんなことを考えてしまう。

そこで門前にエンジン音が響いた。孝之が車を持ってきたらしい。それに気づいた成美は肩にかかる髪を手の甲で払いながら、途端に表情を作る。その変わり身の速さに啞然としつつも、朱里は成美から解放されることにほっとした。

(早くおばあちゃんのところに行かないと)

もう一度ドアに手を伸ばしたところで、成美が怪訝そうな声を上げる。

「えっ、誰……?」

孝之ではなく客でも来たのかと顔を上げると、重厚感あふれるデザインのドイツ車が止まっているのが視界に入った。それを見て朱里は「あっ」と悲鳴に近い声を上げる。

(あの車は……)

車の後部座席が開き、中からひとりのたくましい青年が飛び出してくる。

姿を現したのはやはり冬季哉だった。彼の顔は強張り、まるでイノシシのような勢いで朱里めがけて突進してくる。

「ちょっ……すっごいイケメン……!」

成美が冬季哉を見て熱に浮かされたようにつぶやいたが、その声は彼にはまったく届いていないようだ。眉のあたりをぎゅうっとひそめたまま、ズンズンと朱里に一直線に近づいてくる。あまりにも迫力があって朱里は思わず後ずさってしまったが、背後にはドアがあるので、これ以上下がれないし逃げ場所もない。

（ど、どうしよう……！）

間違いなく勝手に逃げたことを怒っている。そのくらい鈍感な朱里でも想像できる。冬季哉は無言で、ドンッとドアに片手をついて朱里を腕の中に閉じ込めてしまった。

（ひぃ〜！　怒られる！）

そう思ってしまったのは、無言の冬季哉が恐ろしすぎたせいだ。思わずぎゅうっと目を閉じたところで顎先を持ち上げられ、覆いかぶさるように冬季哉にキスされていた。

「――――!?」

仰天して息が止まりそうになった。

（どうしてここでキスするの!?）

怒っている雰囲気なのに、いきなりキスする冬季哉の意図もわからないし、なによりここは外だ。そして妹も側にいる。

訳がわからず混乱する朱里だが、冬季哉の舌が口の中に滑り込んできて、朱里の舌に触れる。甘やかな口づけに、腰が抜けそうになった。

「は、んっ……」

口蓋を舐めあげられて、唇から吐息が漏れた。どうにもたまらずパチッと目を開けたところで、冬季哉が唇を外し低い声で言い放つ。

「どうして勝手に出ていくのかな」

「ど、どうしてって……」

すぐ側にいた成美も、あっけにとられている。

だが冬季哉は他人の視線などどうでもいいらしく、朱里だけをその目に映しながら熱を帯びた眼差しを向けていた。そして我慢ならなくなったのか、朱里の肩を抱き寄せて肩口に顔をうずめる。

「君がいなくなったって聞いて、気が狂うかと思った……」

肩に食い込む指はかすかに震えていた。

(冬季哉くん、震えてるの?)

声もひどく弱弱しい。

たくましい胸に体ごと押しつけられたまま、朱里は戸惑いながら彼を見上げた。

成長した彼を初めて見たとき『お金持ちの家にいるゴールデンレトリバーのようだ』と思ったが、今がまさにそうだ。美しい瞳を哀しみで曇らせながら、耳と尻尾と垂らして、きゅーんと鳴いているように見える。

「あの、ご、ごめんなさい、でも……おばあちゃんのことが」

もごもごと答えるが、果たして冬季哉の耳に届いているのだろうか。じいっと見上げながら、もう一度口を開く。

「冬季哉くん、ごめんね……？」

そして念押しで手を伸ばし、冬季哉の後頭部に指を這わせる。柔らかい髪の感触は昔となにも変わらない。しばらくそうやっていると、顔を上げた真顔の冬季哉と目が合う。なんだか拗《す》ねたような雰囲気があって、ハッとした。

今の彼は自分よりずっと背が高くて男らしい青年なのに、つい昔のように撫でてしまった。朱里は慌てて手を引っ込める。

「──その謝罪は受け入れるよ」

冬季哉はなにか言いたそうに口を開いたが、ふいっと目を逸らし、少し子供っぽく唇を尖らせながらうなずいた。

(許してもらえたのかな……？　いやでも、そもそも私を軟禁したのは冬季哉くんだけど)

若干おかしいなと思いつつも、冬季哉の動揺ぶりを見ていたら謝るしかない。

そうやってしばらく冬季哉を見上げていると、唐突に沈黙が破られる。

「ちょっと、お姉ちゃん、その人なんなの!?　すごい車に運転手付きで乗ってるしっ」

目の色を変えた成美が冬季哉に迫って、ふたりの間にぐいぐいと割り込んできた。

「あの、私、津田成美っていいます！　A女子大の英文科の三年生でぇ〜！」

彼女の目はもう朱里など映していない。孝之という恋人がいるのに、成美は一オクターブ高い声と上目遣いで猛アプローチをする。だが冬季哉はその声を完全に無視して、朱里に手を差し出す。

「朱里ちゃん、家の鍵出して」

「えっ？」

「キヨさんも連れて行くことにするよ。うちにいるなら朱里ちゃんも安心だろ？」

「う……うん」

父と義母が朱里を売ったのが事実だとしたら、朱里はもうこの家では暮らせない。だが祖母と離ればなれなんて絶対にイヤだ。出ていくならふたりで一緒に、である。

「これ……」

バッグから鍵を取り出し、こわごわと差し出す。冬季哉は朱里から鍵を受け取ると、背後を振り返った。

「唐沢！　人を呼んでキヨさんを屋敷に連れて来て。くれぐれも丁重に！」

そして運転席から出てきた初老の紳士――杠葉邸の家令である唐沢に鍵を渡す。

それから五分もしないうちに、五人ほどの作業服姿の男たちが津田家に集まった。おまけに二トントラックまで来ている。

（いったいどういう伝手で、どこから人が来たの……？）

その頃には孝之も戻ってきていたのだが、冬季哉や作業員を見てあっけにとられている。

だが朱里だって戸惑っている。この場で冷静なのは冬季哉だけだ。

みるみるうちに荷物が運び出されていくが、その量が多すぎることに朱里は急に不安を覚えた。

「ね、ねぇ、どうして家財道具まで運び出すの？」

朱里の問いに冬季哉はさも当然、とさらりと答える。

「だって、なにが大事かどうかわからないじゃないか。買えるものならいいけど、そうじゃないものもあるかもしれないし。だから持っていける物は全部運ぶだけだよ」

「そ、そっか……」

もっともらしいことを言われて、朱里はその一瞬は納得したが、いまいち腑《ふ》に落ちない。

完全にこの家を離れてしまうような気がして、落ち着かないのかもしれない。

だが部屋の奥から唐沢に車椅子を押され出てきた祖母の姿を見て、いろんなことが吹き飛んだ。朱里は慌てて祖母のもとに駆け寄る。

「おばあちゃん！」

「ああ、朱里……。急に帰ってこなくなったから、心配してたんだよ」

「ごめんね、すぐに連絡できなくて……」

祖母の小さな手を取り両手で包み込むと、ほのかな温もりが嬉しくて、涙が出そうになる。

「いいんだよ、元気でいたならいいんだ」

キヨはほっとしたように微笑んで、胸の前に手を当てて拝むような仕草を見せる。それから朱里の隣にいる冬季哉を見上げて、息をのみ大きく目を見開いた。

「カッ、カオル様！」

冬季哉はその声にゆるゆると首を振った。

「亡くなった曾祖父ですね。俺はひ孫の杠葉冬季哉と申します」

胸に手を当てて、穏やかに微笑む姿はどこからどう見ても貴公子だ。

ついさっき朱里に強引にキスをした冬季哉とも、大型犬のように打ちひしがれ、しょんぼりした冬季哉とも違う。二面性があるわけではなく、これが上流階級の人間らしい処世術なのだろう。

「ああ……冬季哉様……。お名前は憶えております。そうですね。失礼しました。あまりにもよく似ておいでだったから……懐かしくなってしまって」

キヨはじんわりと目に涙を浮かべて胸元からハンカチを取り出すと、涙をぬぐいながら冬季哉を懐かしそうに見上げた。

（おばあちゃんも、結婚前の若い頃に杠葉邸で働いていたもんね）

祖母の目にはあたたかい光が宿っていて、彼女が冬季哉を心から信頼しているのが伝わってくる。

そんな空気の中、ようやく話しかける決心がついたのか、孝之が険しい表情で朱里に詰め寄ってきた。

「あっ、朱里さん、これいったいどういうこと？」

彼の背後には、冬季哉に無視され腹を立てている、不機嫌そうにこちらを見つめる成美がいた。孝之の前だというのに取り繕うのを忘れているのか、体の前で腕を組んで「なんでお姉ちゃんが……あんな素敵な人と……」と不貞腐《ふてくさ》れたようにつぶやいている。

「あの……」

確かにいきなり高級車とトラックがやってきて、荷物を運び出し始めたら動揺するだろう。説明を求めたくなる気持ちも理解できる。だが朱里にとっても、なにもかもが突然なのだ。孝之になんと説明していいかわからず、朱里は脳内で言葉を選ぶために目を伏せる。

すると隣に立っていた冬季哉が一歩前に出た。

「彼女は俺の屋敷で暮らすことになった。キヨさんも一緒だ」

「は？」

それを聞いて孝之は顔色を変えた。

「――水科くん、あのね」

朱里はとりあえず大丈夫だと言いかけたのだが、孝之は朱里が目に入らないようで、冬季哉に迫っていく。

「一緒に暮らすって、君、なに勝手なことを言っているんだ！」

孝之の表情は激しく強張っている。それは付き合いの長い朱里も見たことがない表情だった。

（私のこと、ただ心配してくれているだけだよね？）

だが孝之のそういう距離感に少しだけ違和感を覚える。どう答えたらいいものかと悩むが、結局、朱里が口をはさむ隙はなかった。

「勝手？」

冬季哉はふっと鼻で笑って、自身より目線が下の孝之を見下ろす。

「馬鹿を言っちゃ困るな。両親に売られた朱里を、杠葉の次期当主である俺が助けたんだ。彼女はもう俺のモノ。お前らの所有物じゃねえんだよ」

「え……？　売られたって……なにを言って……」

孝之の端整な顔から血の気が引く。それもそうだ。彼は朱里がそんな目に合っていることなど知るはずもないし、信じるのも難しいだろう。

だが孝之が信じなくても、あれは自分が体験したことで事実だ。

「成美ちゃん、どういうこと？」

冬季哉の発言に、困惑した表情の孝之が成美を振り返る。

「しっ、知らないわよっ！　私は全然知らないっ！」

成美にしたら、朱里は親に紹介された夜の仕事から逃げてきたくらいの感覚のはずだ。ぶんぶんと首を振って、困惑したように目を逸らしていた。

「俺は嘘を言っていない。知りたいなら自分で調べるんだな」

戸惑うふたりを見て、これ以上は無駄だと思ったらしい冬季哉は話を切り上げる。そして棒立ちのままの朱里の手に自身の指を絡め、そっと引き寄せ指先にキスをした。

「聞いただろ？　君は俺のモノなんだよ。いや……俺の心が君のモノだって言ったほうが早いけど」

「えっ……あの」

まるで騎士が姫君にするような美しい仕草に、朱里の心臓は口から飛び出しそうになる。そこに唐沢がやってきて、冬季哉の背後から声をかけた。

「冬季哉様、キヨさんはお車に、おふたりの荷物もほぼ運び出しました」

「わかった。朱里ちゃん、行こう」

冬季哉はなにもかも終わったといわんばかりに朱里の肩を抱くと、颯爽《さっそう》と歩き出す。車の側に行くと、恭しい態度で唐沢が後部座席のドアを開けて待っていた。

「すみません……」

頭を下げつつシートに腰を下ろした朱里は、きょろきょろと周囲を見回す。リムジンの後部座席にキヨの姿はなかった。ほかの車に乗っているのだろうか。

「おばあちゃんは？」

「うちの系列の病院にそのまま向かわせたよ」

「えっ、そうなの？」

驚く朱里の顔を見て、冬季哉は軽く首をかしげて顔を覗き込んでくる。

「念のため、精密検査とかしたほうがいいと思ったんだ。なんかちょっと変な咳《せき》してたしね。だめだった？」

そんなことを言われるとは思わなかった、といわんばかりのきょとん顔である。

「……だめってことはないけど」

「だろ？　これはキヨさんのためだからね」

むしろありがたいことなのだが、もやもやする。きっぱりと言い切られ、朱里はもうなにも言えないまま、うなずくことしかできなかった。

車はなめらかに走り出し杠葉邸へと向かう。リムジンの車内には音量を絞ったピアノ音楽がＢＧＭとして流れていた。美しい旋律だがその調べは朱里の耳を、右から左へと流れていく。どうしても気持ちが落ち着かない。心がざわつく。何度息を吸っても肺の中まで入っていかない。

（おばあちゃんのこと、だめってことはなかったけど私にも教えてほしかったな。そうしたら病院に付き添えたのに……）

とりあえず明日からは病院に付き添いをさせてもらおう。冬季哉が言っていた〝変な咳〟というのも気になる。もし悪い病気だったらと想像したら途端に怖くなった。親に捨てられた朱里には、もう祖母しかいないのだ。

（ひとりぼっちは、いや……！）

車に揺られつつ、朱里は今後のことに改めて思いを馳《は》せる。

実家に自分の居場所はなくなってしまった。

これから先のことを考えると、不安がひたひたと押し寄せてくるが、祖母のことも含めて杠葉家に世話になり続けるわけにもいかない。今までは一円でも多く稼げたらと仕事を掛け持ちしていた朱里だが、これからは働き方を見直さなければ。辛いが落ち込んでばかりはいられない。昼間は働き、夜は極力祖母と一緒にいて、穏やかな日々を過ごせたらいい。贅沢をしたいなんて思わない。

（おばあちゃんが病院でお世話になっている間に、仕事を探さないと……）

祖母に付き添いつつ、自立のために動くのだ。

そうやって、ふんわりではあるが、今後のことを決めると少しだけ気持ちが落ち着いてきた。

それからなにげなく、隣でまっすぐに前を向いている冬季哉の横顔に目をやる。

（きれいな顔……）

神様に愛された造形とはこういう人のことをいうに違いない。まるで彫像のような美しいバランスだ。

と同時に、やはり彼が自分を好いてくれるというのは不思議で仕方ないし、なにかの間違いでは？　と思ってしまう。

「あの……本当に、いろいろ助けてくれて、ありがとう」

――私はなんのお返しもできないのに申し訳ない。

そんなことを思いつつ、改めてお礼の言葉を告げる。

「朱里ちゃんのためならなんでもするよ」

冬季哉はふっと表情を和らげると、それから切れ長の目を細めて朱里の顔を覗き込んできた。彼の指がそうっと朱里の頬に触れ、顎先へと移動していく。官能的な指先だ。

その瞬間、家の前でキスされたことを唐突に思い出し、彼の指から逃げるように顔を逸らしていた。

「朱里ちゃん？」

冬季哉が不思議そうに名前を呼ぶ。

「……あの……私」

朱里は彼の顔を見られないまま、膝の上でこぶしを握って声を絞り出していた。

もうこれ以上黙ってはいられない。はっきり言わなくてはいけない。

気持ちは嬉しいけれど、あなたの思いを受け入れることはできないと。

冬季哉が自分を好いてくれているのはわかる。助けてくれたことにも感謝している。

だがそれと、彼の恋慕の気持ちを受け入れられるかというのは、別問題だ。現状、朱里に彼を受け入れるつもりはない。

まず、八つも年が離れていること。

彼が旧家の御曹司で杠葉家の次期当主であること。

自分が世間一般の二十代女性とは大きくかけ離れた生活をしていたこと。

家族にすら愛されない自分では、杠葉冬季哉にふさわしくない。

(でも、なんて言ったらいいんだろう……)

彼を拒んで冬季哉の気分を害したら、たった今便宜《べんぎ》を図《はか》ってもらったばかりの祖母が、病院から放り出されてしまうかもしれない。

そうなると困るという邪《よこしま》な気持ちがあるのを、朱里は否定できなかった。

(ああ……私、ズルいな……)

自己嫌悪で胸が苦しくなる。これではだめだ。

朱里は何度か深呼吸を繰り返した後、顔を上げた。こちらを見つめる冬季哉の顔が思いのほか近くてドキッとしたが、それでも言わないわけにはいかなかった。

たとえ今晩から寝る部屋がなくなるとしても、だ。

「あのね……私、冬季哉くんにたくさんよくしてもらっているけど」

朱里は緊張しながらも、おそるおそる口を開く。

「ストップ」

だが冬季哉は朱里の唇の上に人差し指をのせ言葉を止めてしまった。

「そろそろ屋敷につくよ。話はそれからにしよう」

彼の言葉に窓の外を眺めると、杠葉邸の背の高い塀が見え始めた。ここから正門まで、そして門の中から屋敷の車止めまで、まださらに距離がある。塀の向こうのまるで森のように鬱蒼とした木々が見えて、本当にここは都内の一等地なのかと目を疑ってしまう。

(まるで公園ね……)

杠葉家はもともと帝にも連なる公家の一族だったらしい。

御一新で帝と一緒に帝都に上がり、宮中に仕え、同時に商売もして財を成したのだとか。

戦前、戦後と資産をまったく減らすこともなく、今も杠葉の名前を政財界で知らぬものはいない。王侯貴族のような生活を送っている彼らは世界中に別宅を持ち、実際、海外の貴族に嫁《とつ》いだ女性もいるという。

とにかく杠葉一族にはうなるほどの資産があって、朱里と祖母が多少世話になったところで、毛ほどの影響もないのはわかっている。

だが朱里は他人に甘えてしまうことに抵抗があるし、冬季哉が自分を女性として好きだと知った今、その気持ちにあぐらをかくような真似をしたくなかった。それだけの話だ。

ちらりと隣の冬季哉の顔を盗み見ると、静かな顔をしていた。迎えに来たときのイノシシのような荒々しさは微塵《みじん》もない。

（もう怒ってないのよね。よかった……）

朱里だって彼を怒らせたいわけではない。内心ほっと胸を撫でおろしていた。

ゆっくりと車が玄関前のスロープに停車する。

唐沢が後部座席のドアを開け、先に冬季哉が下りて朱里も続いた。

なんとなく空を見上げると、ちょうど日が落ち始めて、荘厳《そうごん》な雰囲気のある杠葉邸は薄紫色の垂れ幕をかけた一枚の影絵のようだった。


「どうぞ」

冬季哉が部屋のドアを開けて、朱里をちらりと見下ろす。二十歳の若者なのに、さすが杠葉の御曹司、レディーファーストが様になっている。小さい頃は本当に暴れん坊だったのにこんなふうに成長するなんて、誰が予想できただろうか。

「ありがとう」

お礼を言って先に部屋に入った朱里は、突然背後から冬季哉に抱きすくめられていた。

「きゃっ！」

思わず悲鳴を上げてしまうが、冬季哉はその手を緩めなかった。むしろぎゅうぎゅうと強く抱きすくめられる。

背の高い冬季哉に抱かれると身動きがとれない。手足をばたつかせるが、冬季哉はびくともしなかった。さらに彼は朱里の耳元で低い声でささやく。

「どうして約束を破ったの？　危険だって説明したよね」

「え……？」

冷ややかな声に心臓がきゅうっと縮み上がった。

なにか恐ろしいことが起こる気がして、朱里は冬季哉から距離を取ろうと身じろぎする。

「あの……」

謝って、許してくれたのではなかったのか。戸惑いながら声をかけた次の瞬間、「よいしょ」と、唐突に朱里の体は冬季哉の肩に担ぎあげられていた。

視界がぐるりと反転して、一瞬にして目が回る。その視界の隅で、冬季哉が腰の後ろに手を回し、デニムの尻ポケットから銀色のなにかを引っ張り出したのを見て、ぞくりと背筋が寒くなった。

「ちょ、ちょっと、冬季哉くんっ……?」

いきなり米俵のように担がれた朱里は、冬季哉の広くてたくましい背中をこぶしで叩く。

相変わらず冬季哉は落ち着いているが様子がおかしい。彼のまとっている空気が不穏なのだ。

「ねぇ、なんなの、下ろしてっ……！　きゃあ！」

下ろしてと叫んだ瞬間、朱里の体は宙を舞い、キングサイズのベッドの上に放り出されていた。沈み込んだ体が上等なコイルで跳ねる。

「ちょっと、なんで……」

とっさにシーツを握りしめた朱里だが、冬季哉はベッドに乗り上げるやいなや朱里の体を上から押さえこみ、細い手首を強引につかむ。

カシャンッ……！

冷たい金属音が頭上で鳴った。驚いて顔を上げると、なんと右手首に手錠がかけられているではないか。

「最初からこうしておけばよかった」

「冬季哉くんっ!?」

そして冬季哉は、無言で手錠から伸びる長い鎖をじゃらじゃらさせながら、もう一方の手錠を自分の左手の手首にかけてしまった。

「噓っ！」

一方、冬季哉は何事もなかったかのようにベッドサイドに腰を下ろすと、大きな手で朱里の頰を撫でる。

「内側に革が貼ってあるけど、引っ張ったら痛いからやめてね。朱里ちゃんに怪我《けが》してほしくないし」

そう言う冬季哉は、聖母のように慈しみに満ちた優しい笑顔を浮かべていた。

だがその美しい目は暗く沈んでいて光が見えない。美しいことに変わりはないが、背筋がゾッとする。

「ちょっ……ちょっと、冗談はやめて！」

朱里は上半身を起こし、拘束されていない左手で手首の手錠に手をかける。なんとか外そうとしたが、当然引っ張ったところでビクともしなかった。むしろ強引になにかしようとするたび、手首の皮がこすれてヒリヒリと痛みが走る。

「いったっ……」

「ほら、無理だって言ったでしょ」

優しく諭すような口調で宥める冬季哉に、朱里は眉をしかめながら怒鳴ってしまった。

「な、なんでこんなことするの!?　謝罪は受け入れるって言ったじゃないっ！」

「ああ、言ったね。だけど朱里ちゃんが俺の言いつけを守らずに、逃げる事態になったことは、納得していない。これは問題の改善をしたままでだよ」

冬季哉は冷めた目線ではっきりと答える。

「そんなっ……」

確かに自分はこっそり杠葉邸を抜け出し、家に戻った。約束を守らなかった点において言い訳はできない。冬季哉にいらぬ心配をかけてしまった。

だがこうやって手錠をかけられていいという話にはならないはずだ。

「でもっ、人に手錠をかけるなんて、おかしいわよ……！」

「おかしい？」

朱里の反論に冬季哉のまっすぐな眉がぴくりと動いた。

相変わらずベッドの縁に腰を下ろしたままの冬季哉は、下ろしていた足を片方だけシーツの上に上げ、身を乗り出すようにして朱里の顔を覗き込む。

「俺のなにがおかしいって言うの」

冬季哉は低い声でささやく。

彼の目はとても真剣で、朱里は震えながら首を振った。

「わからないの……？」

「わからないいね。部屋に鍵をかけても逃げるんだもん。こうでもしないと朱里ちゃんはまた逃げ出すかもしれないでしょ。その危険を未然に防ぐために、今後はこうするってだけの話だ」

まっすぐにこちらを見つめる冬季哉の目には、後ろめたいことなどいっさいない、そういう力強さがあった。彼は本気でこれを正しいことだと思っている。その事実に気がついて、朱里の背筋にぞうっと冷たいものが走った。

（やっぱり、はっきり言わなくちゃいけないんだ……）

入院までさせてもらった祖母のことや、もともと他人に強く出られない性格もあって、冬季哉に遠慮していたが、さすがにこれ以上黙ってはいられない。

（頑張れ、私……！）

朱里は奥歯をぎゅうっと噛みしめた後、冬季哉の瞳を覗き込んだ。

「わ、私っ、冬季哉くんの気持ちには応《こた》えられないっ……！」

絞り出した声は震えていたが、冬季哉の耳には届いたようだ。

「は？」

冬季哉が怪訝そうに眉をしかめる。

「今でも私のことを覚えてくれてたのは、嬉しかったよ……。でも、私は冬季哉くんをそういう対象には見られないの、だからごめんなさいっ！」

「前に言ってた、年齢がネックってこと？」

冬季哉が低い声でささやく。

「それだけじゃないわ。現実問題、私と冬季哉くんじゃうまくいくわけないいじゃないい……！　あなたは杠葉の御曹司よ、私は違う！　ただの元メイドなの！　一時《いっとき》の関係だとしても、あなたとは全然釣り合わないいんだってば……！」

冬季哉はあと数年もすれば、彼の境遇にふさわしい令嬢と結婚する。それまでの遊び相手になるなんて、絶対にごめんだった。

だがそれを聞いて冬季哉は少し不機嫌そうに眉のあたりをしかめる。

「俺は朱里ちゃんと結婚するつもりでいるけど」

「っ!?」

『結婚』という単語が彼の口から滑り出て、朱里はぎょっとした。

「け、結婚……!?」

確かに彼に助けられたとき『バージンロードでお姫様抱っこをするつもりだった』と口走っていたような気がするが、あれが本気だったとでもいうのだろうか。

「な、なんで……？」

問いかける朱里に対して、冬季哉は無言で朱里の右肩をそうっと撫でる。慈しむような優しい仕草に、朱里は思い出すことがあった。

「もしかして私の怪我を自分のせいだって思ってるの？　そうじゃないし、責任を感じることなんかないのよ！」

朱里の右肩のあたりには今でも傷が残っていて、それは朱里が杠葉邸でのアルバイトを辞めるきっかけにもなったものだ。

「いや、この傷は俺のせいでしょ。だけどそれで責任取って結婚するって言ってるわけじゃない」

だが冬季哉は軽く肩をすくめて、燃えるような真剣な眼差しで朱里の顔を覗き込んだ。

「俺が朱里ちゃんを好きで、だから結婚するって言ってるんだ」

嘘や冗談では済まされない熱が伝わってくるような気がして、朱里は怖くなった。

「そんなの……ご両親や親族が反対するに決まってるでしょう！」

朱里は唇を震わせる。

そう、かつて杠葉家でメイドとして働いていた八つも年上の女が、次の当主の伴侶《はんりょ》になるなど身内が許すはずがない。

（なに、夢みたいなことを言って……）

朱里は苦笑して、顔を背け、お互いの手首を繋いだ手錠を持ち上げる。

「とにかく……今すぐこれを外して」

「嫌だ」

きっぱりと言い切る冬季哉はとりつくしまもない。

「なんで……どうしてわかってくれないのよ……！」

朱里は絶望しながら、うなだれた。視線を落とすと、自分と冬季哉との間に繋がれた手錠の鎖が鈍く光っているのが目に入る。

運命の赤い糸ならぬ、銀色の手錠だ。

「そんなの……わかってほしいのは俺のほうだよ」

全身全霊で拒絶する朱里に向かって冬季哉は寂しそうにつぶやき、うつむいた朱里の耳にそうっと顔を寄せる。

「成人した俺は、杠葉家ではもうひとりの大人として判断される。俺が朱里ちゃんと結婚することを反対できる人間なんていない。たとえ両親でも、俺の気持ちは変えられないし、変える権利はない」

そして彼は顔を背けた朱里の顎先を指でつかみ、強引に引き寄せる。

「だから朱里ちゃんは、俺と結婚するんだよ。もう決まっているんだ」

甘いことをささやくその声色には、抗《あらが》えない凄《すご》みがあった。

「っ……」

朱里は蛇ににらまれた蛙《かえる》のように体がすくんでしまい、息をのむ。

こちらを見つめる冬季哉の目は、至極まっとうで澄んでいた。

これが狂気に満ちた眼差しなら、なんとか正気に戻ってほしいと訴えかけるところだが、そうではない。冬季哉は落ち着いているし、冷静だった。

それが余計、朱里の恐怖を煽っていく。

「……私の気持ちはどうなるの？」

結婚にはお互いの同意が必要だ。いくら『決まっている』と言われても、朱里は冬季哉と結婚なんてできないし、するつもりもない。

「今は無理でも、いずれ俺を愛してもらう。大丈夫、きっと朱里ちゃんは俺を好きになってくれるはずだよ」

冬季哉はふふっと笑って勝手なことを言い放つと、そのままその端整な顔を近づけた。

「まぁ、とりあえず今の朱里ちゃんにはわからせないといけないけど」

甘やかな声に艶と凄みが増していく。

「わか……え……？　なに、を……？」

ぱちくりと瞬きを繰り返す朱里の体が、ゆっくりと押し倒される。冬季哉の右手が朱里のワンピースの裾を持ち上げ、手のひらが太ももを撫で上げた。

「あっ……！」

朱里は慌てて冬季哉の手の動きを止めようとしたのだが、冬季哉は手錠をはめた左手で朱里の両手首をつかむと、そのまま頭上に縫いつけるように押しつけてしまった。

「や、やだ、どうしてこんなことするのっ⁉」

恐怖のあまり、胸の真ん中に大きな穴が開いて、冷たい風が吹き抜けたような気がした。

いきなり体の自由を奪われた朱里は、なんとか冬季哉の下から逃れようと体をばたつかせるが、圧倒的に体の大きい冬季哉に押さえ込まれてビクともしない。

「冬季哉くん、やめてっ……！」

「どうして？　朱里ちゃん、あんなに俺のモノをねだって、入れてほしいって、泣いてお願いしてくれたじゃないか。だからまた入れてあげる、たくさんね」

とびっきり甘やかな声色で、冬季哉は卑猥な言葉を口にする。発言の内容と相まって、朱里は冬季哉に『スイッチ』が入ったようなそんな気がした。

「あ、あれは、変な薬のせいだからっ……！」

朱里はこちらの顔を覗き込もうとする冬季哉から目を逸らして、顔を横に向ける。

そう、薬のせいだ。頭がぼうっとして、なにも考えられなくなって、ただ目の前の快感が欲しくてたまらなかった。だから目の前にいて、飢えと渇きを癒してくれる冬季哉にすがってしまっただけ。

「そうなんだ？」

耳元に近づく冬季哉の声は色っぽく、意図せずとも朱里の耳や首筋にどんどん熱が集まっていく。

「じゃあ、オクスリなしだと、朱里ちゃんは濡れないってこと？」

「ひ、あんっ……！」

「ここ、指でこすられても平気なんだ。へぇ……そうなんだ」

冬季哉の指が朱里の下着のクロッチ部分を優しく撫で始める。

「あ、やっ、や、あんっ……だめっ……」

痺れるような快感が、腰に集まり始める。これ以上触れられたくなくて、朱里は太ももに力を込めて冬季哉の侵入を拒もうとした。

だが、それはかえって冬季哉の手を固定するのを手伝ってしまったようだ。冬季哉の指が下着越しでももっとも敏感《びんかん》なところに軽く爪を立てて、弾き始める。

「んっ、あ……んっ……」

「声、出てるよ」

冬季哉がクスクスと笑う。

「だって……ひあっ……」

朱里はいやいや、と首を振る。布一枚を挟んでいるはずなのに、もうそこがぐずぐずに蕩け始めているのが自分でもわかった。

(どうして……？　もう媚薬の効果なんてないはずなのに……！)

我慢しなければと唇を噛むが、声が出ずとも冬季哉の指の動きに合わせて腰が跳《は》ねてしまう。

「自分で気づいてないの？　あのね、朱里ちゃんはすごく感じやすい、かわいい体をして

るんだよ。だから俺に触られたら、すぐにとろとろになっちゃうんだ」

冬季哉はそんな朱里を見て、満足そうに切れ長の目を細めると、そのまま朱里の耳の中に自分の舌を差し込み、くちゅくちゅと音を立てて舐め始めてしまった。

「は、ああっ……！」

耳の縁を丁寧になぞる冬季哉の舌先の感触に、朱里はぶるぶると体を震わせる。自分で耳を触ったところでなんともないのに、なぜこんなに気持ちがいいのか、意味がわからない。

「朱里ちゃんの耳、おいしいな。ふわふわして柔らかくて……お菓子みたいだよ。んー……」

「ああっ……！」

冬季哉にちゅううっと音を立てて吸われた瞬間、朱里の体にしびれが走った。のけぞる背中に力がこもる。足の指先まで電流が走って、その快感に抵抗しようと朱里は息をのんだが、冬季哉にはすべてお見通しだった。

「耳にちゅーされて、軽くイったみたいだね。朱里ちゃん」

「うぅ……」

冬季哉はふふっと満足げに笑いながら、下着越しに敏感な部分を撫でていた指でクロッチ部分を横にずらし、じかに差し入れる。そして指で的確に花芽をつまみ上げて、軽く左右に揺さぶり始めた。

「あ、やん、あっ……！　や、やめ、あッ……」

布越しとは違う、直接的な快感はあまりにもよすぎる。

自然に腰が揺れ膝が跳ねた。

「やだ、だめぇ……！」

だが、いくら嫌だと言っても冬季哉はやめてくれなかった。それどころか、少し押し込んだり、指先で弾いたりと、変化をつけてくる。

「あ、やっ、また……」

このままではまたすぐにイってしまう。

朱里が必死に快感から逃げるように唇を噛みしめていると、

「すごく感じてくれてるのは嬉しいけど、ぬるぬるでちょっとつまみにくいなぁ……」

しばらく指でそこをいじめていた冬季哉はちょっと思案顔になったかと思ったら、別れの挨拶《あいさつ》でもするように頬にちゅっと音を立ててキスを落とすと、上半身を起こしてシーツの上を後ずさった。

「脱がせるね」

そして朱里の下着に指をひっかけると、するすると足元まで下ろして抜き取り、朱里の膝を左右に割って、とろとろに蕩けきったそこに、いきなり口づける。

「あ、うそ、ああっ……」

　とろりと絡みつく舌の感触に、朱里は悲鳴を上げた。初めて彼と体を繋げたときも指で何度もイカせられたが、口で愛撫《あいぶ》されるのはこれが初めてだった。

　冬季哉の舌が花弁をかき分け、大きく膨れ上がった花芽を舐めあげる。絡みつき、吸い上げ、ほんの少しだけ甘噛みして、また優しく舌先で包み込む。

「あ、あっ、あんっ、あ！」

　それはあまりにも強烈な体験だった。必死に声を抑えようとしていたのにそれもままならず、朱里は首を振りながら甘い嬌声《きょうせい》を上げる。

「おねが、やめて、あ、あんっ、あっ……！」

　押さえつけられていた手首はもうとっくに自由になっていた。

　朱里は秘部に顔をうずめている冬季哉の頭をなんとか外そうと、彼の髪に指を指し込む。だが太ももを抱えるように抱き込んだ冬季哉の体はびくともしない。それどころか、潤《うる》みきった蜜口へ尖らせた舌先を押し込んでいく。

「あ、あんっあ、ひ、あ～……ッ……」

　指とも違う柔らかい感触に、朱里の背筋に、ぞぞぞと快感が走り抜けていった。

「ん……」

　舌を押し込んだ冬季哉は、太ももを抱えていた手を伸ばし、上から立ち上がった花芽をぎゅうっと指先でつまみ上げる。その瞬間、朱里の目の前に激しい火花が散った。

「ひっ、あ、あ、あん、あ、だ、めッ……！」

激しく痙攣《けいれん》しながら朱里は悲鳴を上げていた。水からすくいあげられた金魚のように全身が跳ねる。

「あ、ああ、イクッ、やぁ……ッ！」

朱里の細い悲鳴が、部屋の中に響く。心臓が早鐘のように鼓動を打ち、全身が火をつけられたように赤く染まった。

「はっ、はあっ……あ……っ」

眩暈がする。息が苦しい。

荒い呼吸とともに、朱里の白い太ももが張り詰めて震えるのを確認した冬季哉は、無言で舌をゆっくりと抜き、濡れた自分の唇をぺろりと舐めながら手の甲で口元をぬぐった。

上品で美しい彼の、まるで獲物を食らいつくす肉食獣のような眼差しに、自分がとんでもない男にひっかかってしまったような気がする。

（これは夢じゃないの……？）

媚薬で判断力を失っていたあの夜は別にして、朱里には男性経験はない。ほぼ皆無だ。

あの夜、処女ではなくなったが、気持ち的にはまだ未経験のようなものだ。八つも年下の男の子にこんなことをされるなんて、現実にあっていいわけがない。

もしかしたら闇オークションの夢から、まだ覚めていないのかもしれない。そう思いたいくらい、みじめで情けなくなった。

「……とき、や、くん……」

涙で冬季哉がにじんで見える。何度かまばたきを繰り返していると、ようやく冬季哉の輪郭がはっきりしてきた。

こんなときでもくやしいくらい、彼は美しい。腹が立つほどに魅力的だ。

「朱里ちゃん、おかしいね。感じてしまうのは媚薬のせいじゃなかったの？」

と、彼はからかうような声色で微笑む。

「こんな……ひどい……よ」

朱里は羞恥と怒りで顔を赤く染めながら、声を絞り出した。

「ひどい？　冗談でしょ。俺の性癖を決めたのは、十一年前の朱里ちゃんなのに」

「え……？」

いったいどういうことかと、彼の端整な顔を見つめると、冬季哉は感極まったように唇を震わせた。

「――日本を離れてずっと、色が白くて黒髪がきれいで、うるうるした目で、おっぱいが大きい女の子しか目に入らなくてさぁ……。朱里ちゃんとの本番のために、そういう女の子を抱いて練習してみようかなって思ったことはあったんだけど、勃《た》たなかったんだよ。

俺が精通してから自慰のネタはメイド服の朱里ちゃんだったのに、似たような女をそばに置いても、ほんとぴくりともしなくて……。この十一年は、誰も朱里ちゃんの代わりなんかできないんだなって、再確認した期間でもあったんだよね」

練習、精通、自慰――。

冬季哉はふふふと笑いながら、甘やかな声でとんでもない告白をする。

あっけにとられる朱里だが、この状況が朱里のせいだと冬季哉は言うのだろうか。

「でも、誰も抱かないでほんとよかった。朱里ちゃんは俺の最初で最後の女性だし、朱里ちゃんにとっても、俺がそうであってほしい」

そして履いていたパンツのジッパーを下ろし、中から猛った自身のモノを取り出すと、軽くしごきながら、色っぽく目を細める。

「俺をこんなに好きにさせたんだから、朱里ちゃんには責任取ってもらうよ」

「えっ……」

「入れる、ね……っ」

質量を増した冬季哉の肉杭が、朱里の蜜口に押し当てられた。

くる、と思った次の瞬間、体の中に押し入ってくる感触に、朱里は悲鳴を上げていた。

「ん、あ、あああっ……！」

朱里の狭い蜜壺は、あっという間に興奮しきった冬季哉のモノでいっぱいになる。

「あ、やあっ……あ、や、んんっ……」

「気持ちぃぃ……」

冬季哉が腰を振るたびに、朱里は悲鳴を上げる。

「はっ、はっ、あぁ……朱里ちゃん……やっぱり、最高っ……」

冬季哉は熱っぽい声でささやきながら、朱里の着ているワンピースのジッパーを器用に下ろし前を開けると、ブラジャーを強引に上にずらすと揺れる乳房の先に吸いつく。

「はぁんっ……」

自分で触ったところでなんともないし、常々大きくて邪魔としか思っていない胸なのに、冬季哉に触れられると、朱里の胸は性感帯の固まりになってしまうのだ。

「やっ、ああっ、あんっ……」

快感で背中をのけぞらせる朱里を見て、

「朱里ちゃんのかわいいちくび、いっぱい舐めてあげる」

冬季哉はそんなことを言いながら舌全体を使って吸い上げたり、軽く噛んだりして、朱里の胸全体に舌を這わせる。もちろん剛直は一度も止まることなく、朱里の狭い蜜壺をえぐりこすり、突き上げる。

「んッ……あんっ、あっ！」

声を出さないように唇を噛みしめているのに、冬季哉のモノがいいところをこするたびに、声が出てしまう。

「気持ちいいね、朱里ちゃん……俺もいいよ。ずうっとこうしていたいくらい」

冬季哉は熱っぽくささやきながら、朱里の胸の谷間に顔をうずめる。

「あ、やっ……んんっ……ときや、くんっ……」

「うんうん。俺たち本当に『ぴったり』だ」

ぞくぞくと足元から快感が駆け上がってきて、強引に開かされた膝ががくがくと震え始める。

くやしい。

いやだいやだと言いながら、なぜこんなに自分の体は冬季哉に惹《ひ》かれてしまうのだろう。

もうだめだ。イってしまう。媚薬も飲んでいないのに冬季哉にイかされてしまう。

朱里がぎゅうっと唇を噛みしめた瞬間、

「あ、朱里ちゃん、そんな締めつけられたら、俺、もう、でちゃうよ……っ……」

冬季哉が満足そうに微笑みながら、それからいったん大きく腰を引いて、最奥に向かって打ちつけ始める。かなりのハイスピードで突き上げられて、朱里の白い太ももが宙を泳ぐ。

「ひあっ、あぅ、あんっ……！　だめ、やだ、ああっ……」

いやいやと首を振る朱里だが、それを煽るように冬季哉は色っぽい微笑みを浮かべた。

「イって、俺ので、イって……朱里ちゃんッ……!」

もうこれ以上、意識を逸らすことはできなかった。

「ああっ……!」

朱里の意識はロケットのように天高く放り出されて、それからふわふわと落ちていく。

「クッ……」

遅れて冬季哉が苦しそうに息をのみつつ、体を強張らせる。最奥に熱が吐き出される感触があり、ふたりの繋がった部分から、とろとろと熱い液体が零れ落ちる。

朱里は茫然とした意識のまま、自分の上にのしかかった冬季哉を見上げた。

(頭、おかしくなりそう……)

セックスとはこんなに大変なものなのだろうか。世間の恋人や夫婦がこんなことを普通にこなしていると思うと、信じられない気分になる。

「はぁっ……はぁっ……はーっ……あっつい……」

冬季哉は流れる汗を手の甲でぬぐいながら、ぐったりしている朱里の顔を覗き込んできた。

「朱里ちゃん、息してる……?」

そう尋ねる冬季哉は、なんとキラキラした笑顔で微笑んでいた。

この状況で笑える彼の神経がわからない。朱里は唇を噛みしめながら、手錠で繋がっている右腕を持ち上げる。

「はず、して……」

「まだそれ言うの？　お仕置きだから外さないってば」

冬季哉は呆れたように朱里を見下ろした。そして朱里の顔の横に両肘をつき、繋がったほうの手を恋人繋ぎで握りしめてシーツの上に押しつけた。

（おしおき……）

朱里は冬季哉を見上げながら唇を震わせる。胸の奥でザラザラと砂が零れ落ちるような感覚がする。

これは虚《むな》しさだろうか。それとも歯痒《はがゆ》さだろうか。

こちらを熱っぽく見つめる冬季哉に、たとえ言葉が届かなくとも言ってやりたくなった。

「……ほんとに私のこと、好きなの？」

「え？」

その瞬間、ふたりの間の空気がすうっと冷えた気がした。まさか疑われるとは思っていなかったらしい。ずっと落ち着いていたはずの冬季哉が愕然《がくぜん》とした表情をして顔を近づける。

「すっ……好きだよ……好きに決まってるじゃないか！」

冬季哉は心外だと言わんばかりに叫んだ。

「俺の中にはずっとずっと、朱里ちゃんしかいない！　こんな気持ちになったのは朱里ちゃんだけなんだ！　これは恋だよ、間違いない！」

血相を変えて叫ぶ冬季哉を、朱里は無言で見つめ返す。

冬季哉は朱里を好きだと言う。これが恋だと。

だが朱里は『好きだ』と言われるたびに戸惑ってしまう。

こんなに苦しくて激しいものが『好き』なら、欲しいだなんて思わない。

朱里が欲しいものは『安らぎ』だ。幼い頃からずっとそれだけが欲しかった。

どれだけ望んでも得られない家族の絆、優しさ、そういったものが欲しかった。

「……嘘よ、手錠をかけて犯すなんて、好きな相手にやることじゃないっ……！　冬季哉くんのやってることは、まともじゃないのよ……！」

朱里は必死に声を振り絞って、叫ぶ。だが次の瞬間、冬季哉は大きく目を見開いた。

「だからっ……まともってなんだよ！　だったらそのまともな恋を、朱里ちゃんが教えてくれよ！」

怒りに震えながら、冬季哉は必死に言葉を続けた。

「朱里ちゃんが好きになってくれるなら、俺だってそうする！　まともになる！　でも俺にはわからないんだ、君が言う『まとも』なんか、全然思いつかないし理解できないんだ！」

朱里の中で冬季哉の肉杭がまた熱を持ち始める。

「俺にとって、朱里ちゃん以外のことは全部どうでもいい。大好きで大好きで……気が狂いそうなくらい大好きで……体じゃない、本当はなにより、君の心が欲しいんだ！」

そう叫ぶ冬季哉の顔は、なぜか今にも泣き出しそうだった。

「俺に愛されたくないって言うなら、俺を殺して息の根を止めるしかない……。俺にとって生きることと朱里ちゃんを愛することは、同義なんだから……」

こちらを見つめる冬季哉の瞳が、爛々《らんらん》と輝き始める。

「絶対に離さない……死んでも離さない。絶対に……！」

彼はその星屑をちりばめたような美しい瞳に狂犬じみた色を宿しつつ、低い声でささやいたのだった。

第三章　「冬季哉という男」

数日後――。

冬季哉は朱里を連れて二階の自分の部屋へと移動し、ただひたすら愛を注ぎ込んだ。明け方近くに意識を失うよう眠りに落ちた彼女の体を丁寧に拭き清めたあとは、自身もシャワーを浴び大学に行くための身支度をととのえる。

時計の針は八時を指している。五月最終日の今日は朝から強烈な日差しだ。

白のカットソーに薄手のライラックブルーのサマーニットを重ねた冬季哉は、軽やかなデニム姿だ。どこから見てもさわやかな美男子が、この三日間ほぼ裸で過ごしていたとは誰も思うまい。

螺旋階段を下りると、玄関前のエントランスにはずらりと使用人たちが並び、冬季哉を待っていた。

「ぼっちゃま、調査報告書をメールでお送りしました」

「わかった。データは破棄しておいて」

「大学までお送りしなくても？」

「今日はいいよ」

十人ほどのメイドたちを率いて立つ唐沢にそう告げると、彼は胸に手を当てて深々と頭を下げたが、冬季哉の姿を見て少しだけ眉をしかめる。

「おぐしが濡れて乱れているようですが」

いけませんね、と顔に書いてある気がしたが、気づかないふりをする。

唐沢は杠葉家の家令を務める一族の出身で、若干過保護すぎるきらいがあるが、冬季哉にとって身内も同然の男だ。当然朱里に対する、冬季哉の執念じみた恋心も理解している。幼い頃は、両親に内緒で冬季哉の恋を応援してくれていた、最大の理解者だ。

「歩いているうちに乾くよ。じゃあ行ってくる」

ひらりと手を振り玄関を出た冬季哉は、振り返りざまに念押しする。

「朱里ちゃんのこと頼んだよ」

「畏まりました」

朱里が脱走したあの日も、唐沢に頼めばよかったのだ。彼なら朱里が窓から逃げるなんてことを許さなかった。

（そのせいで、今ちょっとだけ、朱里ちゃんに嫌われてるし……）

冬季哉ははぁ、とため息をつきながら、屋敷を出てとぼとぼと高台の下にあるバス停へと向かう。

『ちょっとだけ嫌われている』という予想に、願望が混じっているのは自分でもわかっている。

朱里に手錠をかけてから三日間、冬季哉は朱里を抱き続けた。もちろん手錠付きだ。『せめてトイレのときだけは外して』と泣かれたが、最初はそれも無視した。自分の気持ちを疑われたのがなによりもショックだったから、思い知ればいいと思ったのだ。

（トイレするところ見たって、俺は朱里ちゃんを嫌いにはならないって、わかってもらいたかったのに）

だが、冬季哉の目の前でトイレを済ませた朱里が、ぽろぽろと涙をこぼして泣きじゃくるのを見て、さすがにまずいと気がついた。

『最低っ……』

そう言われてさすがに凹《へこ》んだ。自分の感覚は、やはり彼女の言うとおり『まとも』ではないのかもしれない。

鋼のメンタルを持つ冬季哉を傷つけられるのは、この世でただひとり朱里だけだ。

トイレのときだけは手錠を外すことにしたが、朱里に『最低』と言われたことは、未だに引きずっている。

冬季哉だって、赤の他人と手錠で繋がっていたいなんて思わない。トイレなんか絶対に見たくない。すべては朱里だからだ。

強い感情を抱く相手は朱里だけ。心が動く人間は、今も昔も朱里ひとりだった。

離れていた十一年で、冬季哉が朱里に対して抱いた感情はすべて混ざり合い、ひとつの執念のようになっている。自分の中で、愛も執着も憎しみも、全部一緒くたなのだ。

（これが恋じゃなかったら、なんだっていうんだ……）

まさか自分の愛情を疑われると思っていなかった冬季哉は、ひどいショックを受けてしまった。

十一年前――。朱里が肩に傷を残したあの事件をきっかけにして、冬季哉はわずか九歳でスイスの寄宿学校に放り込まれたのだが、そこにはさまざまな境遇の子供たちがいた。

一番下は日本から来た冬季哉で、一番年上は十五歳のイベリア半島にあるとある国の王子だった。生徒の数はたった五十人だが、資産があれば入れるわけでもなく、名声が高ければ入れるわけでもない。そこでは大統領の子息、世界的に有名なビリオネアや王侯貴族の縁者も多く学んでいた。

要するに、いずれ世界中の経済や政治を動かすことが決まっている、そういう子供たちの学《まな》び舎《や》だったのだ。

旧い城を改築した学校で、世界中の同世代の子供たちと強固なコネクションを築きながらも、冬季哉はただひたすら朱里のことを一途に思っていた。

寄宿舎に入れられた最初のクリスマスプレゼントになにが欲しいかと唐沢に尋ねられた冬季哉は『ほかにはなにもいらないから、毎年朱里ちゃんの写真が欲しい』と頼んだ。

冬季哉を誰よりも大事に思う唐沢は、将来の主のためにこっそりと写真を送ってくれるようになった。当然、両親に知られるわけにはいかないので盗撮である。

毎年一枚ずつ、クリスマスに朱里の写真が増えていく。

それが冬季哉の唯一の宝物だった。

寄宿舎には女生徒もいたが、少女のように愛らしかった冬季哉は、公爵令嬢とその取り巻きにさんざん意地悪をされて、むしろ同世代の女子が大嫌いだった。だが十四歳を過ぎた頃に急に身長が伸び始め、顔から丸みが削《そ》がれ精悍《せいかん》になり始めてから、周囲の扱いが変わった。その変化は実にあからさまだった。

それまでは『子犬』だとか『お嬢ちゃん』などとからかわれていたのに、男女問わず熱っぽい目で見つめられることが増えた。

そして十五歳になった頃、いじめっ子だった公爵令嬢に手紙を渡されたときに、自分はもう『子犬』ではないのだと気がついたのだ。

『トキヤが好き。私の恋人になってほしい』

今にして思えば、昔から彼女は冬季哉に好意を持っていたのだろう。ちょっかいを出していたのは、冬季哉の興味を引きたかったから。幼い頃の自分が朱里をいじめていたのとまったく同じ意味だったのだ。

『ごめんね、リセ。実は日本に許嫁《いいなずけ》がいるんだ。俺を待ってる彼女を裏切りたくない。でも嫌われていると思っていたから、君の気持ちは本当に嬉しいよ。ありがとう。大事な友人としてこれからも仲良くしてほしい』

手紙を受け取った冬季哉は、にこやかに微笑み大人の対応で彼女を振った。

だが、本心は違う。

(なんで俺が、あんな性格ブスと付き合わなきゃいけないんだ)

周囲からは『彼女は王位継承権があるんだぜ。ここにいる間だけでも付き合って損はない相手なのに、トキヤは真面目だなぁ。日本人はみんなそうなのか?』とからかわれたりしたが、冬季哉の心を動かすのは朱里だけだ。好きでもない女と付き合って、朱里のことを思う時間を奪われるのは純粋に無駄だと思ってしまう。

朱里は死ぬほど甘えたクソガキの自分にもずっと優しかった。彼女に頭を撫でてもらえるだけで、天にも昇る気持ちになれた。

もちろん冬季哉に優しい人間はほかにもいる。

冬季哉が生まれながらに持っているものが、他人から見て魅力的だからだ。杠葉家の御曹司に優しくして損はない。皆、打算で冬季哉の側にいた。いや、むしろ打算しかなかった。それが悪いとは言わない。

冬季哉だって打算があって、公爵令嬢に『性格ブス』と告げなかったのだから。

だが朱里がその他の人間と違ったのは、ただ甘やかすだけの女性ではないというところだ。

(彼女には彼女だけが持つ、美しい価値がある)

それが欲しい。

たったひとつ、冬季哉の世界で価値があるもの。それが朱里だ。

(朱里ちゃん……)

朱里の優しい微笑みを思い出すと、冬季哉はいつだって切なくて懐かしい気持ちでいっぱいになる。

冬季哉は十一年前の、メイドだった朱里に恋をした頃を思い浮かべていた――。

◆　◆　◆　◆

十一年前――冬季哉は祖母とふたりで広大な杠葉邸で暮らしていた。

両親は仕事の都合で半年前から日本を離れていた。てっきり自分も連れて行ってもらえると思っていたのに、祖母に大反対され、冬季哉の体もあまり丈夫ではなかったこともあり、日本に残ることになったのだ。

厳しい両親と離れて、甘やかしてくれる祖母との生活は楽だったが、それも度を過ぎればうっとうしくなる。学校の授業は退屈だし友達も好きになれない。

結果、素行が悪ければ両親が迎えに来てくれるのではと考え、わがままを言って周囲を困らせ続け、暴君のように振る舞うようになった。

そんな中、冬季哉は運命の女性——メイドとしてやってきた、当時高校二年生だった朱里に出会ったのだ。

「今日からお世話になります、津田朱里です。どうぞよろしくお願いいたします」

かつて杠葉家に仕えていた祖母キヨの伝手で、アルバイトとしてやってきたらしい。

白い肌に豊かでまっすぐな黒髪。夢を見ているような黒い瞳。胸はふっくらと盛り上がっているのに、長い手足はすらりと伸びていて、自然美にあふれていた。

クラシカルなメイド服に身を包んだ朱里を見た瞬間、八歳の冬季哉の心臓は信じられないくらいの勢いで鐘を打った。

（なんか、ざわざわする）

生まれて初めての感覚に震えた冬季哉は、それを最初は不快感と認識してしまった。

彼女が見ている先に自分がいないとイライラするし、近くにいたいと思うのに、側にいると今度は心臓がぎゅうぎゅうと締めつけられて、苦しくなるからだ。

彼女がふとした拍子に、なにげなく自分を見つめるだけで、いつもはひんやりした体が熱くなった。

あまりにもムカつくから、自分は彼女が嫌いなのだと理解した。だが朱里を視界に入れないように避けると、今度は一日中、落ち着かない気分になってしまう。

嫌いなのではなく、朱里を気に入っているらしいとわかってからは、なにかと理由を探し出して朱里のあとを追いかけるようになった。

昔の冬季哉は体もあまり丈夫ではなかったので、しょっちゅう熱を出していた。

そのたびに大げさに泣き崩れる過保護な祖母は苦手だったが、そのたびに朱里がかいがいしく世話をやいてくれる。

憂鬱《ゆううつ》な発熱も気がつけば冬季哉の楽しみになっていた。

「いいか、あかり。ぼくがおくちをあけたら、おまえはぼくのおくちにパンプティングをいれるんだよ。ほら、あーん」

「はいはい、わかりました。あーん……」

ベッドの中でねだるように口を開けると、朱里がスプーンですくったパンプティングを口に運んでくれた。熱が上がりすぎると味がよくわからなくなるのだが、朱里が口に運んでくれるとなぜかとてもおいしく感じた。

「冬季哉さまは雛《ひな》みたいですね」

朱里がクスクスと笑いながら優しく目を細めるのを見て、冬季哉は熱に浮かされつつも幸せな気持ちに浸っていた。

冬季哉は朱里にモズという鳥を教えてもらったことを思い出した。

「ヒナ……うちでモズのヒナみられる……？」

せっかく朱里が教えてくれた鳥だから見てみたい。

「雛の巣立ちは春ですから、来年ですね。そういえばあれから調べたんですけど、モズが作る早贄は冬の保存食というよりも、雄のモズの歌の質を高めるための、栄養食の意味合いが強いらしいです。早いうちにたくさん栄養をとって、きれいな声で歌って、雌《めす》のモズに求婚するんですって。このお屋敷でもたくさん歌が聞けそうですね」

朱里はふふっと笑いながら、スプーンをまた冬季哉の口元に運んだ。

素直にそれを飲み込みながら、冬季哉は首をかしげる。

「きゅうこんってなんだ」

「えっと……求婚は『私と結婚してください』ってお願いすることですよ。冬季哉さまも、たくさんごはんを食べて早く元気になってくださいね。はい、もう一回、あーん」

「あーん……」

甘やかな朱里の声に誘われるように、冬季哉はまた口を開けて、パンプティングを飲み込んだ。

（早く元気になって、あかりにきゅうこん……あかりとけっこん……！）

そうだ。結婚すれば父と母のようにずっと一緒にいられる。

朱里は冬季哉に『求婚してほしい』なんてことは一言も口にしなかったが、熱に浮かされた冬季哉はそう都合よく理解した。

（よし、あかりとけっこんしよう！）

要するに、初恋だったのだ。

だが八歳の冬季哉には好きな女の子にどう振る舞っていいのか当然わかるはずもなく、わからないまま毎日朱里を追いかけ回しては、あれやこれやとちょっかいをかけていたのだった。


夏が終わり、秋の気配が徐々に屋敷を染めていき、杠葉邸の緑は少しずつ色づき始めている。そんなある日の午後。いつものように朱里を部屋に呼ぼうと探していた冬季哉は杠葉邸を歩き回っていた。

「あかり、どこにいるんだろう？」

途中すれ違ったメイドから、廊下で窓を拭いていたと聞かされた冬季哉は、急いでその場所に向かったのだが――。

「……なんだ、あれ」

メイド服の朱里が、若い男性と親しげに会話しているのを見て、足が凍りついたように動かなくなった。

朱里は背の高い男を見上げながら、クスクスと楽しそうに笑っている。なんだか妙に似合いに見えて、体から熱が引いていく。

「じゃあ、また後で」

男が立ち去り、朱里は気を取り直したように手袋をはめた手で窓を拭き始めた。

「あっ、あかりっ……」

我に返った冬季哉が少し離れた場所から声をかけると、床に膝をついていた朱里が冬季哉を振り返った。

「冬季哉さま、どうなさいましたか？」

ゆっくりと立ち上がった朱里は、背の低い冬季哉に顔を近づけるために、上半身をかがめる。彼女の目はなんのてらいもなく、まっすぐ自分に向けられていた。

その瞳はキラキラと輝いていて、無垢《むく》で――。曇りのない美しさに冬季哉の胸がざらついた。

男を見上げていた朱里と、今こうやって自分を見下ろす朱里は同じはずなのに、なんだか違う気がする。

（あかりはなんとも思わないのか……？）

なぜ自分ばかりこんなに焦っているのだろう。朱里はいつもどおりニコニコ笑っている。それが強烈に気に食わない。

「今のやつ、誰だ。なにを話していた？」

震える声で問いかける。

「あの人はコックさんですよ。いつも私たちのまかないを作ってくれるんですけど、今日のご飯がすごくおいしかったって話をしたら、レシピを教えてくれることになったんです」

朱里はニコニコと微笑みながら答えると、また何事もなかったかのように窓を拭き始めてしまった。

おそらく朱里にとっては、なんてことのない会話なのだろう。レシピを教えてもらう約束をしただけの朱里に、やましいことなどあるわけもない。だが、冬季哉は自分がないがしろにされた気がして面白くなかった。

「ふぅん……」

冬季哉はうなずきながら、朱里の背後で彼女がせっせときれいにしていく窓を見つめる。

「お前、あいつのこと、すきなのか」

「えっ？」

朱里は窓を拭いていた手をとめないまま、軽く首をかしげる。

「ごめんなさい、今なんて？」

仕事中とはいえ、こちらをしっかりと振り返ってくれない彼女にまた苛立《いらだ》ちが募っていく。

（なんだよ、なんでだよ……）

コックとは目を見て話をしていたというのに、なぜ彼女は自分を見てくれない。

（ぼくのこと、見ろよ……！）

ここでようやく気がついた。

朱里との間にあるものは、身長差だけではない。

年齢も、立場も、なにもかもが違う。

その違いが、朱里が自分にそっけなく感じる理由になっているのだ。

（あかり……！）

心の中で彼女の名前を呼ぶ。

背中で揺れる長い三つ編みを見ると、引っ張ってこちらを向かせたくてたまらなくなる。

だが先日、彼女に『痛い』と困った顔で言われたことを思い出し、ぐっとその気持ちを呑み込むしかなかった。

ざらつく気持ちを抱えたまま、冬季哉は無言でくるりと踵《きびす》を返し、その場所を離れる。

ズンズンと歩いて向かった先は、広大な庭の端にある犬舎だ。

杠葉邸では三頭のドーベルマンが飼われている。よく訓練された賢い犬だ。そのうちの一頭がつい最近子犬を産んで、母親になった。気が立っているので子犬には近づかないようにと、家令である唐沢から口を酸《す》っぱくして言い聞かせられていたのだが、冬季哉の頭からそのことがすっぽりと抜け落ちていた。

犬舎を覗くと、散歩に出かけているのか母犬は不在だった。冬季哉は周囲の目を盗んで、子犬の一匹を抱いて走り出す。

（あかりに見せてやろう……！）

生後二ヵ月ほどの子犬は、かわいい盛りだ。きっと朱里も気に入るに決まっている。

そう、すべては冬季哉なりによかれと思っての行動だったのだ。

「あかり、あかりっ……！」

屋敷中を探して館の裏に出ると、シーツを干している朱里やほかのメイドを発見した。

「はぁ、はぁ……いた……」

ひゃんひゃん、きゃうんと鳴く子犬を抱いたまま、冬季哉は息を整えつつ、朱里たちへと近づいていく。

「おい、あかりっ……！」

子犬を見たらきっと喜んでくれる。

ただ、笑った朱里の顔が見たかった。

自分に笑いかけてほしかった。

「——冬季哉さま？」

シーツを広げて乾かしている朱里が、ひょっこりと顔を覗かせる。

「みろ、子犬だっ！　ほら……！」

冬季哉は抱いていた子犬を、高く掲げてゆらゆらと振った。

きゃんっ、きゃんっ……！

持ち上げられた子犬がけたたましく鳴き始めた。

「あっ、っちょっ……」

もちもちした体で暴れられて、危うく落としそうになる。冬季哉は慌てて子犬を抱いた腕に力を込めたのだが——。

ワンワンッ……！

「冬季哉さまっ！」

朱里が悲鳴に似た声を上げて、持っていたシーツを放り出してこちらに駆け出してくる。

「え……？」

なぜ朱里はあんなに必死な顔をして走ってくるのだろう。冬季哉が棒立ちで立ち尽くしていると、次の瞬間、朱里が冬季哉に飛びついて仰向けに倒れこむ。

「っ……!?」

いきなりタックルされた冬季哉は、痛みで目の前に火花が飛んだのを見た気がした。

「ぼっちゃまっ！」

同時に、唐沢の悲鳴じみた声が響いた。ぼうっとした頭のまま何度か瞬きを繰り返すと、冬季哉を押し倒したままの朱里が、必死な顔で叫んでいる。

「お怪我はありませんか！」

彼女はひどく動揺した表情で、冬季哉の頭や腕を触って確かめている。ぶつかってきたのは彼女のはずなのに、いったいなにが起こったのだろう。

「ぼっちゃま……！」

朱里の背後から顔面蒼白《がんめんそうはく》の唐沢が走ってきた。手にはリードを持っていたが、肝心の犬がいない。

「ステラが急に走り出しまして……！」

「あ」

ステラというのは子犬の母犬だ。あたりを見回すと、ステラが芝生の上に座り込んだ子犬を必死に舐めまわしている。

そこでようやくステラが飛びかかってきたことに気がついた。冬季哉が勝手に連れ出した子犬を取り返そうとしたのだ。

「子犬の姿が見えなくなったので、動揺してしまったのでしょう」

唐沢はそう言いながら、興奮気味のステラに四苦八苦しながらリードを取りつける。

「なんだ……そんなことか。びっくりした」

口ではなんともないふうを装ったが、その声は震えていた。

「冬季哉さま」

朱里が低い声で名前を呼ばれた。

「……」

冬季哉は頬を引きつらせながら、視線をさまよわせる。

なぜだか朱里と目を合わせられない。気まずいような、居心地が悪いような、そんなおかしな気分なのだ。

「冬季哉さまっ」

朱里が強い口調でもう一度名前を呼ぶ。

おそるおそる顔を上げると、朱里が冬季哉の両肩をつかんで顔を覗き込んできた。

「どうして子犬を勝手に連れ出したんですか！　母犬の気が立っているから駄目だって、言われていたはずですよ。どうして言いつけを守らなかったんです！」

「そっ、そんなの……別にいいだろ、なんともなかったんだからっ……」

「よくありませんっ！」

朱里は大きな黒い目をクワッと見開いて叫ぶ。

「あなたはいけないことをしました！　だからこうやって叱《しか》られてるんですよ！」

「叱られ……？」

その言葉と険しい声音に冬季哉は唖然とした。

冬季哉には生まれて一度も叱られた経験がない。両親は厳しいが、わりと放任主義だったのもあるし、一緒に暮らしているいたっては冬季哉を溺愛し、屋敷で冬季哉がいくらわがままを言っても、すべて受け入れてくれた。

杠葉邸で、冬季哉は生まれながらにして王様だったのだ。

「なっ……」

朱里の言葉に、冬季哉の全身がカーッと熱くなる。

もとはと言えば悪いのは朱里だ。なぜ自分が叱られるのか意味がわからない。

「うっ、うるさい、ぼくを叱るなんて、メイドのくせにっ……！　しゅじんに向かって、えらそうな口をきくなっ！　くびにするぞっ！」

首にするなんて本気ではない。

だがそう叫んだ瞬間、ぱちん、と顔の近くで乾いた音が響いた。

「つぅ……津田さん!?」

側でオロオロしていた唐沢が、凍りついたように棒立ちになる。

遅れて、じぃんと頬が痛くなって、自分の頬が打たれたことに気がついた。

こちらを見つめる朱里は、とても悲しそうな顔をしていた。

かわいそうに思われている――。

「なっ……」

その表情を見た瞬間、頬を打たれた羞恥と、怒りと、自分でも訳のわからない感情がごちゃ混ぜになって込み上げてくる。

「～～ッ！」

全身ががくがくと震え始める。目の前に星が散り、鼻の奥がツンと痛くなった。

どうしてこんなことになったのだろう。

ただ朱里にかまってほしかっただけなのに。笑ってほしかっただけなのに――。

朱里に叱られて、冬季哉は奈落の底に突き落とされたような、絶望的な気分になった。

これほど悲しい気持ちになったのは生まれて初めてだった。

両親に日本に置いて行かれたときもこんなにショックを受けなかった。

冬季哉の目からぽろぽろと熱い液体が溢れ、零れ落ちる。

「う、うるしゃいっ……！　ぼくはわるくないっ、悪くないんだぁ……うう、ううわぁぁん……！」

舌足らずに、声を上げて泣きながら、自分の頬を伝う涙の感触に、冬季哉はまた驚いた。

恥ずかしい、かっこ悪い。こんな気持ちにさせる朱里が悪い。

全部全部、朱里のせいだ！

「おまえなんかだいっきらいだ！　あかりのばかぁっ……！　あっちいけっ！」

喉が嗄《か》れんばかりに叫びながら、ひざまずいたままの朱里の腕や胸のあたりをこぶしで殴りつけていた。

「ぼ、ぼっちゃま……！」

慌てた唐沢が後ろから冬季哉を羽交い締めにするようにして抱き上げたが、八歳とはいえ力はあるし、大人しく抱かれたままでいるはずもない。

唐沢の手を振り切って、また朱里に駆け寄り、力任せに叩いていた。

「――」

朱里は何度か無言でその手を受け止めた後、そっと両手で冬季哉の手を包み込み、口を開く。

「……あなたひとりが悪いわけじゃない。まわりの大人も悪いの。いけないことをしても叱ることをしなかった、大人も悪いわ」

だがそんな朱里の言葉は、大声で泣き叫ぶ冬季哉には届かなかった。

だがそこで、ステラのリードを別のメイドに渡した唐沢が目を見開く。

「ぼ、ぼっちゃま、血がっ！　大変だ！　あぁ、津田さん、なんてことを……！」

冬季哉の手に赤い血がついているのを発見した唐沢の指摘に朱里は息をのみ、うなだれて「申し訳ありません」と頭を下げた。

「ああっ、もうっ……あなたの処分は追って連絡しますからね！」

唐沢はそう言い捨てると、泣きじゃくる冬季哉を抱き上げて、手当てをするために屋敷に向かって走り出す。

冬季哉はわんわんと声を上げて泣いた。

「あかりのばかっ、ばかっ……だ――いっきらいだっ……もうっ、許してやらないからなっ……！　ばかーっ！」

唐沢の腕の中で、しゃくりあげながらそう繰り返す。

このときの冬季哉は、そのまま十年以上も朱里と会えなくなることを知る由《よし》もなかったのである。

◆　◆◆　◆◆　◆

冬季哉はバス停で少しだけ遅れているバスを待ちながら、軽くため息をつく。

(朱里ちゃんは俺に怪我をさせたと勘違いした祖母に、その場で首にさせられてしまったんだよなぁ……)

あの事件のことを、冬季哉は一日だって忘れたことはない。

朱里と一緒に洗濯物を干していたメイドは見ていた。子犬を抱いている冬季哉めがけてステラが猛烈な勢いで走ってくるのに気づいた朱里が、身を挺《てい》して冬季哉を守ってくれたのだ。

そう、冬季哉は怪我ひとつしていなかった。唐沢が発見した血は冬季哉ではなく、朱里のものだったのだ。

普段は沈着冷静な家令である唐沢は、幼い冬季哉に血がついていることにかなり動揺していたらしい。冬季哉が無傷であることに気づいたのは病院についてからだった。

だが一方で、祖母に激しく叱責《しっせき》された彼女は、言い訳もせず杠葉邸を出ていった。怪我の治療もしなかった。

『彼女が守ってくれなければ、怪我をしていたのはぼっちゃまのほうでした』

そう唐沢に聞かされたのは、知恵熱を出して寝込み回復した一週間後だ。唐沢は慌てて治療費や見舞い金を朱里の銀行口座に振り込んだそうだが、その後連絡はなかったらしい。

（もう、僕のことをきらいになったんだ……）

後悔先に立たずというが、冬季哉は心底打ちのめされた。

大嫌いだと叫んだとき、困ったように――悲しそうに微笑んだ朱里の表情を思い出すと、冬季哉の小さな胸は張り裂けそうになる。

（あかりに会いたい。あやまりたい……きらいなんて、うそなのに……）

八歳の冬季哉は、この時点でようやく気がついた。

朱里への想いに——。

朱里が好きだ。

冬季哉にとって大事なのは自分自身だけだった。けれどこの世には、自分よりも大切な存在がいると、冬季哉は生まれて初めて知ったのだ。

元気になった冬季哉は、『あかりを呼び戻してくれ』と必死に祖母に頼んだが、そこで両親が連絡なしに帰国してきて事態は急変した。わがまま放題で、学校でも家でも問題ばかり起こしている冬季哉の状況を知り戻ってきたのだ。

この状況を望んでいたはずなのに、途端に冬季哉は焦ってしまった。

「どうも冬季哉は勘違いしているようだな。スイスの寄宿舎に入れることにしよう」

事態を重く見た父は、そう口にしたのである。

それは提案ではない。命令であり決定事項だった。

父の言葉に冬季哉は仰天した。

「いやだ、とうさま、いやだ！」

必死に抵抗したが許されなかった。祖母も冬季哉を手放すことに関してごねはしたが、結局、家長である父の言うことは絶対で逆らえなかったらしい。

そして冬季哉は『根性を叩き直す』という理由で、両親の命令で遠いスイスで寄宿舎生活を送ることになったのである。

（二十歳になるまで、本当に帰国が許されなかったからな……）

冬季哉は長い制裁期間を振り返りながら、頬杖をつく。

祖母はこの春先まで存命だったのだが、冬季哉の帰国を大層喜び、そのまま眠るように亡くなった。寄宿学校の長期休暇のときには、祖母がスイスに訪れるかたちで、ちょこちょこと会っていたのだが、留学中にもし祖母が入院しても帰国は許されなかっただろう。二十歳まで帰国すること能《あた》わずと当主が決めたのなら、杠葉家の人間にとって絶対に守るべき掟となるのだから――。

早生まれの冬季哉は、今年の二月にようやく二十歳の誕生日を迎えて、杠葉家の家訓に則《のっと》り、ひとりの大人として認められた。

そして子供の頃に通っていた学園の付属大学の経営学部に転入したのである。事前に準備はしていたのでそれほど時間はかからなかった。

大学三年ともなれば通常はインターンや、説明会に参加したりと就職活動で忙しくなる時期だが、裕福な家の子女たちは早々にそれなりの企業にひそかに内定をもらっていて、のんびりした学生生活を送っている。

それは冬季哉も同じだ。

杠葉家の家長である父は、多くのグループ企業を要する杠葉ホールディングスの社長だが、冬季哉も同じ道を歩むと決まっている。だが冬季哉の本当の目的は日本で跡継ぎとして学ぶことではない。朱里を自分のモノにする、そのために帰国したのだ。

旧家である杠葉家には独特の決まりやしがらみが山のようにある。そのうちのひとつに『伴侶だけは自分の意志で決めていい』というルールが存在する。

かつて杠葉にはそのルールに則って、たったひとつの恋を押し通して妻を娶《めと》った男がいたらしい。だが時代は変わり、おとぎ話のような身分違いの結婚をする男は、ここ百年現れなかった。

そんな中、周囲から当主の資質を期待されていた冬季哉が、帰国直前にその古臭いルールを持ち出したから、親族たちは仰天《ぎょうてん》した。誰もが彼に自分の縁者を嫁がせようとしていたからだ。

結局、当主である父が、場を収《おさ》めるために冬季哉に条件を出すことになった。

『お前に関連会社をいくつか任せよう。卒業までに結果を出せなかったら、私たちが選んだ女性の中から相手を選ぶと約束しなさい』

『わかりました。僕は在学中の二年で間違いなく結果を残します』

一族が居並ぶ応接室で冬季哉はそう宣言した。

九歳から十一年、スイスの寄宿舎で世界中の富裕層や王族、貴族と縁を結んだ。学生時代から世界中を飛び回り、投資や事業にも積極的に取り組んでいる。誰もが冬季哉のことを『誠実で信頼に値する紳士』だと認め、商売の相手としても認めてくれている。

冬季哉は、自身の結婚に親族が反対し、父から条件が出されることを何年も前から予測していたし、そのためにやるべきことをコツコツとこなしていたのだ。

(すべて、朱里ちゃんと結婚するためだ)

幼い初恋をこじらせていると笑われてもかまわない。笑いたいやつには笑わせておけばいい。

彼女に対する思いは年を重ねるほど純度を増し、冬季哉の中で揺るがない光になった。

そのくらい、冬季哉は朱里を愛している。彼女のためならなんだってするし、なんだってできる。

だったらせめて世間に見せている杠葉家御曹司の顔で、紳士的に朱里に接すればいいのだが、なぜか朱里を前にすると冬季哉は自分を偽《いつわ》ることができず、感情が剝き出しになってしまうのだ。

嫉妬、欲望、喜び、悲しみ、なにもかも――。

感情をあらわにするのは美徳ではないとわかっているのに、止められない。

(朱里ちゃんに嫌われたくない。でもどうしたら朱里ちゃんの好感度を上げられるんだ？)

確かに自分は、社会通念上悪いことをした。手錠をかけて三日三晩、彼女の意思を無視して抱き続けた。犯罪と言われればそうだろう。

だが朱里に泣くほど嫌がられてもやめることはできない。どんなことをしてでも年齢や身分を理由に離れようとする朱里を離したくない。

（だけど最低な男だとは、思われたくない……。難しいな）

正直言って、どうしていいかわからなかった。

しばらくしてやってきたバスに乗り込み、空いている席に座る。ひんやりと冷房がきいたバスの中には、四、五人ほどの乗客がいるだけだった。

動き出したバスの車窓から外を眺めながら、冬季哉はスマホを取り出しメールを確認する。屋敷を出るとき唐沢に言われた報告書を読むためだ。ＰＤＦファイルを開き、文字を目で追いながらも、脳裏に、抱きつぶして意識を失った朱里の顔が浮かんだ。

本来、きちんと手順を踏んで朱里を自分のものにするつもりだった。

ふたりの初めての夜も、うんとロマンティックにしようと思っていた。

なのに気がつけば、朱里に嫌われる寸前だ。

（それもこれも全部朱里ちゃんの両親のせいだな……クソが……）

冬季哉は深いため息をついてスマホを握りしめ、報告書の続きに目を通す。

予想どおりの展開だったが、朱里は両親の借金のカタとして、いわゆる反社会的勢力を通して闇オークションに売られた――というようなことが記載されていた。

うまくいっていないとはいえ両親はまっとうな仕事をしているはずで、いったいどういう伝手で朱里が売られる羽目になったのかと不思議だったが、調べたところによると、義母の大叔父が、現役の反社会的勢力の人間らしい。

そこまでして彼らが手にした金額は、最終的には五百万ほどだ。

ちなみに冬季哉は海外のプロフェッショナルチームを雇い、朱里を救い出すための下準備をし、三千万ほど支払っている。それで朱里の身の安全が保障されるのなら安いものだが、朱里に怖い思いをさせた両親に対しては、このままで済ませるつもりはなかった。

(朱里ちゃんの優しさを裏切るやつは、許さない……)

それは朱里の献身《けんしん》を受けるに値しない両親への、純粋な怒りだった。


いくつかの講義を終えて、この日最後の授業のために一番大きな講義室に入ると、華やいだ声が上がった。

「あ、杠葉！」

「冬季哉くん、こっちこっち！」

声のしたほうに顔を向けると、すり鉢状になった席の上のほうに、派手な同級生たちが五人ほど座っており、冬季哉に向かって手を振っている。

「やぁ」

冬季哉はにこやかに微笑みながら、彼らのほうへと向かった。

冬季哉が向かう途中にいた学生たちは、彼のために左右に割れて道を作る。まるでモーセの奇跡のような光景だ。男女問わず魅了する美貌とカリスマ性を持つ冬季哉は、常に注目されている。

この春から通い始めた名門私立大学は、小学校からエスカレーター式だ。学生の大半は裕福な家の子供ばかりで内部進学はステータスのひとつであり、勉学に励むだけでなく、将来に向けての人脈作りの場でもあった。

それゆえに杠葉家の御曹司である冬季哉を知っている学生も多い。彼らは十一年ぶりに帰国した冬季哉を大歓迎し、まるで自分たちのリーダーであるかのように扱っていた。

「ここ何日か連絡が取れないから、なにかあったのかと思ったぜ」

近づいてきた冬季哉にひとりの男子学生がそう言い、女子たちもうなずく。

「心配してたんだよ」

「少し体調を崩してさ。寝込んでたんだ」

冬季哉はそう言うと、トートバッグを机の上に置いて空いた席に座った。

もちろん、寝込んでいたというのは嘘だ。寝食を忘れて朱里を抱きつぶしていただけ。

突き上げるたびに揺れる豊かな胸や、快感で赤く染まったデコルテを思い出すと、自然に下半身がまた熱を持ち始める。

「そういえばガキの頃も、よくそれで学校を休んでたよな」

男子学生がからかうように目を細めたが、隣にいた女子が甘ったるい猫なで声を出しながら、冬季哉の顔を覗き込んだ。

「ええ〜冬季哉くん、かわいそう〜。大丈夫？」

「うん。大事をとって寝てただけだから」

するとと今度は反対側の女子から紙の束を差し出される。

「これ、冬季哉くんが来たら渡そうと思ってたの。休んでた間のノートなんだけど」

そもそも勉強で特に困ることもないのでノートの必要性は皆無だ。授業中もモバイルタブレットで冬季哉が任されている事業の報告書を読んだり、指示を出す時間に使っている。

（だが、わざわざ断って好感度を落とす必要もないな）

冬季哉にとって学生たちとの交流は面倒でしかないが、どこにいても『品行方正』で『才色兼備』なおぼっちゃまの仮面を被る。スイスにいた頃と同じだ。

「いいの？　大変だったんじゃない？」

反対側に座った女子から差し出されたルーズリーフの束とレジュメを、冬季哉は笑顔で受け取った。

「冬季哉くんのためだもん。私がほかにこんなことする人、いないんだからね？」

冬季哉が穏やかに微笑みかけると、女子は照れたようにうつむきながらも、上目遣いで甘えた声を出す。自分が特別だと思い上がっている、好意を押しつけるばかりの実に図々しい発言だ。

（朱里ちゃんも、このくらいわかりやすかったらいいのにな）

本心をおくびにも出さない冬季哉は、丁寧に言葉を紡ぐ。

「ありがとう。なにかお礼をしなきゃいけないね」

「だったら一度、冬季哉くんのおうちに行ってみたいなぁ〜」

彼女は政治家の娘だ。おそらく杠葉家との繋がりを欲しているのだろう。待ってましたといわんばかりの言葉に冬季哉は苦笑する。

「うちに？」

「あぁっ、ズルいよ、あたしも行きたい〜」

「俺も！　杠葉のお屋敷って文化財レベルなんだろ？　ぜひ見学させてもらいたいぜ」

あっという間に彼らは冬季哉の屋敷に遊びに行こうと、盛り上がり始めてしまった。家に来たいと言っているほかの人間も、杠葉家の事業に役立ちそうな家柄の娘息子たちだ。

煩《わずら》わしいという気持ちはあるが、いずれ事業に役立ちそうでもある。

（適当に遊んでやるか）

「そうだね、そのうち」

冬季哉がそう答えると同時に、経済学の教授が講義室に入ってきた。冬季哉の周りに集まっていた学生たちが、わらわらとそれぞれの席に座る。

冬季哉は一番端の席に移動して腰を下ろし、テキストを広げた。

教授の淡々とした授業の声がマイクを通して教室に穏やかに響く。開け放った窓からは初夏のさわやかな空気が吹き込んできた。

（朱里ちゃん、どうしてるかな……）

家を出てまだ二時間ほどしか経っていないというのに、彼女が気になって仕方ない。冬季哉はトートバッグからスマホを取り出し、アプリを操作して朱里が眠る部屋に設置したカメラを起動させた。

カメラ自体はとても小さなものだが、その精度はかなり高い。ズームにすればまるでその場にいるかのように朱里に近づける。冬季哉が部屋を出たときは裸だったが、起きて着替えたのだろう。コットンのワンピースを身に着けた彼女は、窓際のテーブルに座って紅茶を飲んでいた。

盗撮されているとも知らず、すっかり気を抜いている。ほわほわと温かみのある表情だ。

（かわいいな……）

眺めているだけで思わず頬が緩んでしまう。

しばらく眺めていると、メイドがやってきてお茶のお代わりと軽食を提供する。朱里は恐縮して何度もメイドに頭を下げていた。

（こういうのも控えめな朱里ちゃんらしいな）

そしてサンドイッチをいくつかつまんだ後は、どこか物憂《ものう》げな表情で窓の外を見つめ始めた。

まさかまだ逃げることを考えているのかと少しひやりとしたが、キヨが杠葉ゆかりの病院にいることから、それはありえないだろう。

（キヨさんはある意味大事な人質、だからな……あの家から連れ出して正解だった）

この三日間、彼女には自分の思いを叩きつけるように体を重ねた。朱里は最終的に諦めたように身をゆだねていたが、結局、冬季哉の気持ちは晴れなかった。

（俺は朱里ちゃんが好きなだけなんだよ……どうしたらわかってくれる？）

自分が彼女を愛しているように愛されたい。死ぬまで一緒にいたい。

冬季哉の願いなどそれくらいだ。だがそれがなかなか叶わない。

（思いどおりにいかないな……）

冬季哉は持っていたシャープペンシルを指の上でくるりと回し、頬杖をついた。

だがこの恋は間違ってなどいない。『まとも』でなくても、これは冬季哉の恋心だ。

本人に否定されたところで、揺らぎはしないのだった。

「――では今日の講義はここまで」

授業終了のアナウンスを聞いて、皆が立ち上がり始める。真っ白なままのノートを閉じ、スマホと一緒にトートバッグの中にしまっていると、また冬季哉の周りにわらわらと人が集まってくる。

「冬季哉、ボート部のほうに顔を出せるか？」

「後輩たちが冬季哉に会いたいってさ」

大学のボート部は明治時代に創設された歴史ある部で花形サークルでもある。三年時に入部してもそれほど長く活動できないというのに、冬季哉は積極的な勧誘を受けた。彼らにとって、杠葉の名を持つ冬季哉を入部させることそのものに意味があるのだろう。

どんな人脈でもいつかなにかの役に立つ。積極的には関わらないが、円滑な人間関係を保つように気を配っている冬季哉は、にこりと微笑みながら目を細めた。

「いいよ」

冬季哉の返事に皆が沸いて、そのまま教室を出たのだが――。

「――あの、冬季哉さん！」

背後から声をかけられたと同時に、強引に腕をつかまれ後ろへと引っ張られた。

「え？」

肩越しに振り返ると、どこかで見覚えのある女子が冬季哉にしがみついている。

「先日は、どうも。ちょっとお話があって。いいですか？」

こちらを見つめる湿り気のある目に嫌な予感がした。人目がなければ振り払っているが、講義が終わったばかりで人目がある。そうそう邪険な態度はとれない。

「誰、この子。私たち急いでるんだけど」

突然のライバルの出現に、側にいた別の女子がまなじりを吊り上げる。一目で敵と判断したのはさすがだ。

(確かに誰だっけな……見たことある気がするんだが……あ！)

ほんの少しだけ考えて、冬季哉はそこでようやく、その娘が誰だか気がついた。

馴れ馴れしいこの女性は、朱里の妹である津田成美だ。

津田家に朱里を迎えに行ったときにその場にいた。しかし朱里にしか興味がない冬季哉は当然ながら視界に入れなかったし、唐沢の報告書から得た情報以外に成美に関しての記憶はない。

(大学はA女子大だったよな。なんでうちに)

インカレでこの大学のサークルに入っていただろうかと考えたが、報告書にそういう情報はなかったように思う。

「そうなんですか〜？　私も冬季哉さんととっても大事な話があってぇ〜」

成美は周囲の女子に煽られているのもわかっているのだろう。だがそんな気配にはまったく気づいてない雰囲気で、軽く首をかしげつつ、冬季哉に身を寄せにっこりと笑う。

白のノースリーブのワンピースに薄いピンクのカーディガンを重ねた彼女は、自分のかわいさを効果的に見せる術《すべ》に長《た》けているらしい。案の定、冬季哉の周りにいる男性陣が

『お？』っと浮ついた表情になったので、女子たちの空気が余計悪くなった。

「大事って、そっちが勝手に言ってるだけじゃない」

「だとしてもあなたには関係ないと思いますけど～？」

冬季哉を挟んでの女同士の小競り合いが始まった。冬季哉は、女性たちのそんな空気を感じ取ると途端にうんざりしてしまう。

（それにしても、これで朱里ちゃんと半分血が繋がってるって、信じられないな）

朱里は心同様、表情にも裏表がなく、自分をよく見せようというそぶりもまったくない。いつもその素直な心をそのままに振る舞っている。だから冬季哉も彼女の前では、取り繕わない自分でいられるのだ。そしてそんな自分を愛してほしいと願ってしまう。

（まぁ、そのせいで朱里ちゃんにちょっぴり……ちょっぴりだけ、嫌われてるけども……）

そんなことを思いながら、つかまれた腕をやんわり解く。

「朱里ちゃんの妹さんだよね。いいよ」

そして周囲にいる友人たちに断りを入れた。

「ごめん、部のほうはまた今度」

背後から「ええ～！」という声がしたが、軽く手を振って詫びる姿を見せつつ、さっさと中庭のほうへ向かう。この場に留まれば面倒ごとが増えるだけだ。

「あの、立ち話もなんだし、どっか入りませんかぁ？」

スタスタと先を歩く冬季哉の後を、成美が甘えた声でねだりつつ、ついてくる。

冬季哉は周囲に人がいないことを確認し振り返った。

「なんで？」

「なんでって……えー、冷たくないですか？」

冬季哉の冷ややかな声色に、成美は一瞬ひるんだようにカラコンで大きくした目を泳がせたが、甘えた声でそれを誤魔化した。いつまでこの態度を通す気なのだろう。男はすべて自分になびいて当然だと思っているのかもしれない。大した自信だとうんざりしたが、冬季哉は尋ねる。

「俺に声をかけてきた理由は？　大学も違うよね」

「それは……私、冬季哉さんのこと見てから忘れられなくて……こんな気持ち、生まれて初めてで……！　じっとしていられなくなったんですっ！」

いきなり告白されるとは思わなかった。

「へぇ」

しらじらしい態度に内心引きながら、成美を無言で見下ろす。成美は切なそうに瞳を潤ませながら、冬季哉にどんどんと迫っていった。

「あの、あのときどうしてお姉ちゃんにキスしたんですか？　見間違いですか？」

「恋人だからだけど」

冬季哉を受け入れる気がない朱里が聞いたら怒りそうだが、冬季哉自身はずっとその気持ちなのではっきりとそう答えた。

「うそぉ～！」

成美が信じられないと言わんばかりに目を見開く。

「だって……！　パパに聞いたけど、杠葉家ってすごいお金持ちなんでしょう？　選び放題じゃないですか！」

成美は憤懣《ふんまん》やるかたないと言わんばかりに言葉を続ける。

「お姉ちゃんなんて、地味だし、パッとしないし……。八つも年上のおばさんじゃないですか。あっ、もしかしたら体で誘惑して、責任取れって迫ったんじゃないんですか!?」

瞳を潤ませながら醜悪な言葉を並べているうちに、成美は完全にそう思い込んでしまったようだ。

「だったら責任とる必要なんてないですよ！　お金を払って解決すればいいんですから！それに私が……私が冬季哉さんを守ってあげますっ」

そして成美は勢いよく、正面から冬季哉に飛びつこうとしたのだが――。

それよりも早く冬季哉はまっすぐに腕を伸ばし、成美の肩を突いていた。

「きゃっ！」

まさか突き返されると思わなかったのだろう。成美は肩のあたりを押さえながら、驚いたように目を見開く。

（うん。やっぱり両親だけじゃないな。この妹もリストに入れておこう）

冬季哉の脳内には朱里と円満に結婚するためのＴｏＤｏリストがあるのだが、そこに成美の名前も記しておく。一応、朱里の妹だからとギリギリまで気を使っていたが、ここまで卑劣《ひれつ》な女なら今後付き合う必要もなさそうだ。いずれきたるべきときが来たら、両親と同じように処理しても問題ないだろう。

冬季哉は目を細めながら、成美を見下ろした。

「朱里ちゃんはそういう女じゃないから」

「そんなの冬季哉さんが騙《だま》されてるんですよっ！」

騙されている――。冬季哉は思わず笑ってしまった。

「彼女が俺を騙してくれるような女性だったらよかったんだけどね」

そうしたら冬季哉は喜んで、彼女と結婚していたはずだ。

冬季哉は緩やかな髪をかき上げながら、立ち去る気配を見せずまだ擦り寄ろうとする成美に、唐沢の報告書から得た情報のひとつを突きつける。

「――ところで君、彼氏いたんじゃなかったかな」

「そ、そんなの、別に結婚してるわけじゃないしっ……私は、本当に冬季哉さんのことが！」

「金だろ。俺が杠葉じゃなかったら声もかけなかったはずだ」

「っ……」

冬季哉のあけすけな返答に、成美が頬を引きつらせる。

「いや、朱里ちゃんへの嫌がらせで誘惑くらいはするかな。今付き合ってる男もそうなんだろう？　朱里ちゃんへの対抗意識でちょっかいをかけた」

そう、優秀な唐沢は妹の付き合っている恋人との関係も調べ上げて、今朝の報告書にまとめていたのだ。

「水科孝之。地元じゃちょっとばかり名の知れた地主の跡取り息子。奥手で気の弱い彼が地元の高校で朱里ちゃんに片思いしていた話は、同級生にはわりと有名みたいだね」

「そ、それは……」

成美は顔を強張らせ視線を泳がせる。

「まぁ、朱里ちゃんはああいう性格だから、はっきり言われないと気づくこともないし、仮に告白されたところで、いままでどおり『恋愛している暇はない』って断ってただろうけど」

冬季哉はプルプルと小刻みに震えている成美を見下ろす。

「でも君はそれが許せなくて、大学に入るころ孝之に自ら迫ったんだ。実際、彼は君が今まで火遊びしてきた男たちの中では、扱いやすいタイプだったし、稼ぎもそこそこだ。キープしておくにはちょうどいい」

冬季哉はふふっと笑って、体の前で腕を組む。

「君は俺を見て焦ったんだね。自分より劣っていると見下していた姉が、杠葉の御曹司と一緒にいるなんて絶対に許せない。だから今までそうしてきたように、また奪ってやればいいと、ノコノコやってきたんだ」

「――」

図星を突かれた羞恥からか、成美は顔を赤く染めた。さすがにここまで言えばつきまとう気力もなくしただろう。これ以上この女に時間を奪われたくもない。

「もう話すことはないね。じゃあ」

冬季哉は軽く肩をすくめて、くるりと踵を返す。だが成美は慌てたように冬季哉の腕をつかんできた。

「待って……！　やっぱり納得できないいっ、お姉ちゃんより私のほうが絶対っ――」

次の瞬間、冬季哉はつかまれた腕を大きく振り上げて、肩越しに成美を振り返った。

「触るな、ブス」

ゴミクズを見るような目を向けて、冬季哉は容赦なく言い捨てる。

それは冬季哉の嘘いつわりない本心だった。

「っ……！」

成美は息をのみ棒立ちになる。

「いい加減しつこい。気持ち悪いんだよ」

冬季哉は見た人間の息が凍るような無慈悲な眼差しをたっぷりとくれたあと、わざとらしくため息をついて歩き出す。

冬季哉にとって女性はただひとりだけ。たとえ世界一の美女が迫ってきたとしても、意味がない。

幼い頃から今の今まで、会えない時間のほうがずっと長かったのに、今も昔も、冬季哉の心を動かすのは、朱里ひとりだけだ。

(早く帰りたいけど、キヨさんの様子を見に病院に寄るか……)

腕時計に目を落とした冬季哉は、タクシーを呼ぶためにスマホをバッグから取り出し何事もなかったかのように、スタスタと歩き始める。

もうすでに冬季哉の心から成美は消えて、朱里のことでいっぱいだった。

中庭の隅にひとり残された成美は、ギリギリと唇を噛みしめる。

「なっ、なんで……なんでお姉ちゃんが……ズルい……なんでよっ……」

冬季哉の背中をいつまでも恨《うら》めしそうに、にらみつけていたのだった。

第四章　「君の理想になりたい」

冬季哉が大学に行ったことで、朱里はようやくゆっくりとお風呂に入ることができた。

(あれから三日だっけ……時間の感覚がなくなってるかも……目を閉じると朝か夜かもわからなくなってしまう……)

朱里は湯船の中で膝を抱き寄せて、はぁと深いため息をつく。

冬季哉が怒りをぶつけるように朱里を抱いたのは、最初の一晩だけだった。

トイレでひと悶着《もんちゃく》あったが、翌朝、全身に所有の証《あかし》のようなキスマークをつけた朱里を見て気が済んだのか「優しくさせてよ……」と甘い声でささやき、冬季哉の部屋へと移動して、残りの二日は蕩けるように愛を注ぎ込んできた。

朱里には男女の経験もなく、当然技術もないので、ひたすら彼にされるがまま、一方的に抱かれるだけだったが、まるで発情期の獣のようにさかっていた気がする。

悲鳴の上げすぎで、少し喉も痛い。

（まだ、中に入っているみたい……）

手のひらでそうっと下腹部を押さえると、冬季哉のたくましいアレの感触を思い出して、自然と頬がまた熱くなってしまった。

処女でなくなってから約一週間、冬季哉に体を作り替えられているような気がする。

未知の感覚に恐怖はあるはずなのに、冬季哉と抱き合うとそれを忘れてしまう。快楽がやすやすとすべてを塗り替える。そんな自分が恐ろしくてたまらない。

「これからどうしたらいいんだろ……」

こらえきれない不安が唇から零れ落ちる。

冬季哉は一度も避妊しなかった。生理周期からして妊娠の可能性は低かったが、万が一ということもある。子供ができたらどうするつもりなのだ。まだ学生の冬季哉はどう考えても困ることになるのに、その危険性を理解していないように思える。

朱里が彼の気持ちを受け入れられないと訴えても、冬季哉に引く気が微塵もないことがこの三日間で身に染みてわかった。残念ながら彼は本気で朱里に執着しており、実現できるできないは別として、間違いなく将来を共にする気でいるのだ。

（だったらもう、いやだいやだと彼を拒否するだけではだめよね……）

いやだと言ったところで、彼は絶対に受け入れない。だからといって体で『わからせ』

られるのはもう二度とごめんだ。

朱里は湯船の中で、体中に残る口づけの痕を見ながら、これからどうするかを真剣に考える。

冬季哉のしたことは朱里の意思を無視したひどい行為だ。強い快楽で朱里の気持ちを塗り替えようとしているようにも思えて、腹が立つ。

だが不思議と冬季哉を心から嫌悪する気持ちは湧いてこない。昔、八つの男の子だった彼を、かわいいと思っていたせいかもしれない。どうしても彼を強く憎みきれないのだ。

「どうしよう……」

朱里は深いため息をつきながら、膝におでこを押しつけていた。


「朱里ちゃん、ただいま」

軽くノックの音が響いた後ゆっくりとドアが開く。鍵はもうかけていない。祖母が冬季哉のもとにいる以上、朱里に逃げるという選択肢はないからだ。

時計の針は夜の七時を過ぎていた。暇つぶしに本を読んでいた朱里は、立ち上がって部屋の中に入ってくる冬季哉を見つめる。

「おかえりなさいって、言ってくれないの？」

無言の朱里を見て、冬季哉がしょぼんと眉尻を下げる。彼の叱られた大型犬のような様相を見て、朱里はハッと我に返って声をかけた。

「……おかえりなさい」

絞り出した声は少しかすれていたが、冬季哉はパッと表情を明るくした。

「うんっ！　ただいま！」

いそいそとバッグからタブレットを取り出して、朱里が座っているテーブルの側までやってくる。

「大学の帰りに病院に寄ったんだ。キヨさんの精密検査は全部終わった。ただＭＲＩの画像診断で、脳梗塞が見つかったらしいんだ」

「え……？　で、でも、おばあちゃん今までそんなこと一度も……」

「脳血管は自覚症状が出にくいからね。特にキヨさんは無症候性脳梗塞《のうこうそく》で、症状が出ないないものだった」

冬季哉はそう言って少し声を抑えてささやく。

脳梗塞――。頭の中で単語がぐるぐるとまわる。

（確かにおばあちゃんは血圧が高めだったけど……でもお薬はちゃんと飲んでいたし……）

言葉を失い茫然とする朱里を見て、冬季哉は落ち着かせようと朱里の肩に手を乗せつつ椅子に腰を下ろす。

「安心して。今すぐ手術が必要だとか、そういう状況ではないんだ」

冬季哉の言葉が一筋の光のように目の前に差し込む。

「……本当に？」

思わず縋りつくような声が出てしまった。冬季哉はやんわりと微笑んでうなずく。

「うん、本当だよ。むしろ今わかってよかったよ。これから予防と治療に専念すればいいんだから。なによりうちの病院は一流だし、絶対にキヨさんを死なせたりしない。だから安心して任せて」

「——うん」

病気に『絶対』はないとは思うが、そう言ってもらえるだけで今の朱里には心強い。少しだけ気分が楽になる。朱里はこくこくとうなずきながら顔を上げた。

「わかってよかったのよね？」

「そうだよ。とりあえず一ヵ月くらいは病院に入院してもらうけど、落ち着いたらこっちに招き寄せよう」

「え？」

冬季哉の『こっち』という言葉に朱里は顔を上げる。

「一緒に住むならリフォームしたほうがいいしね。今日はその工事の手続きも進めてきたんだ。これ設計図」

冬季哉はトートバッグの中から取り出したタブレットをテーブルの上に置いて、上品に微笑んだ。

「リ、リフォーム？」

次々と驚くことを言われて意識がついていかない。朱里は息をのみ、タブレットと冬季哉の顔を見比べた。

「うちもなんだかんだで古いからね。水回りは必須でしょ。廊下に手すりは必要だし、階段にも車椅子用のエレベーターをつけないと……」

指折り数えながら、今後のリフォーム計画を語り始めたのだが――。

「ちょっ、ちょっと待って！」

朱里は慌てて椅子から立ち上がり、冬季哉の言葉を遮っていた。

「冬季哉くんの言う『うち』って……？」

「ここだけど」

あっけらかんと言われて、くらっと眩暈がした。

「だだだ、だめでしょ、なに言っているの！」

「なんで」

心底不思議そうな顔をして朱里を見つめる。その美しい瞳にはどこかあどけなさすら感じるが、彼がわからないはずがない。

「なんでって……わかってて言ってるわよね？」

朱里はこめかみを指で押さえながら、首を振る。

「まぁ……そうだね」

冬季哉は軽く肩をすくめて、椅子に座って両手で頬杖をついた。

「そんなことしてもらう理由がないって言いたいんでしょ」

朱里はうんと、力なくうなずいた。

「でも俺は、朱里ちゃんが困っていることがあったら全部助けてあげたいんだよ」

「全部って……」

冬季哉は身を乗り出して、うつむいた朱里の顔を覗き込む。

「現実問題、朱里ちゃんがひとりでキヨさんを守るのは無理じゃないかな」

「それは……それは、しかるべきところに相談して……」

自信のなさから、声が小さくなってしまった。

今までしがないアルバイト生活だった上に、住む場所もなくなった。入院している祖母を支えながら、就職して自分の生活を立て直すことの難しさをわからない朱里ではない。

冬季哉はそれを聞いて軽くため息をつく。

「うーん……お役所に頼るってこと？　ちょっと難しいんじゃないかな。朱里ちゃんには両親がいて、キヨさんは土地と家を持っているんだし。実家に戻れと言われるのが関の山だと思うよ」

その頼るべき両親に頼れないのだ。だが確かにそれを公的機関に理解してもらうのは、とても難しいだろう。

（でも、でも……）

頭の中で必死に言い訳を探す朱里が無言で唇を引き結ぶと、冬季哉がさらに前のめりになってささやく。

「朱里ちゃんのそういう真面目なところ、俺はすごく素敵だと思うけど……。朱里ちゃんのポリシーで、キヨさんに不自由をさせるのは違うんじゃないかな」

「あ……」

どうしようもない正論に目の前が真っ暗になった。

（ああ、そうだ。確かに私はなんにもできないくせに、世話にはなりたくないって意地を張って……そのくせ現状は彼に、紅葉家に甘えて……今すぐここを追い出されても行くところがないし、おばあちゃんの面倒だってみられない……）

冬季哉の指摘で、朱里はようやく自分の立場を改めて理解できた気がした。

朱里はぎゅうっと奥歯を噛みしめ、顔を上げる。

「そうだね……私……甘かったと思う。でも……でもね、誰かに頼るのが、怖いのよ」

口にした瞬間、自分が情けなくなって鼻の奥がつんと痛くなった。

そう、怖い。物心ついたときから、甘え方がわからなかった。病弱だった母を見ていたのもあるし、再婚してから、父が娘に次第に興味を示さなくなったせいもある。

なんとか自分を認めてほしくて、勉強を頑張れば『女のくせに賢くてどうする』と笑われ、アルバイトをして家にお金を入れても『もっと稼げないのか』とガッカリされた。

もっと、もっと頑張らなければ愛されない。ひとりの人間として認めてもらえるかもしれない。

ただ愛されたくて、両親の言うことを聞いていれば、自分も愛してもらえるかもしれないともがき続けた朱里にとって、他人に頼ると言うのは『頑張らない』ことと同義で、非常に難しく、抵抗があることだった。

そしてなにより、こんなふうに弱気な気持ちを打ち明けるのも、朱里にとっては勇気がいることなのだ。

（私、本当にかわいくないな……）

成美のように甘えられる女の子のほうがずっと魅力的だ。なんでも自分でやるんだと突っ張っている頑なな自分が口ばかりで情けない。

「ぐすッ……」

涙を我慢していると、余計辛くなってきた。だがこんなことで泣いてはいけない。

必死にテーブルの上でこぶしを握っていると、冬季哉が手のひらをそうっと重ねる。

「朱里ちゃん……」

　冬季哉が少しかすれた声で名前を呼ぶ。顔を上げると、冬季哉がふふっと笑って顔を近づけてきた。

「朱里ちゃんって、野生の小鳥みたいだね」

「え……？」

「小さな生き物は、弱みを絶対に見せないようにするんだ。そうじゃないと外敵に襲われてしまうから」

　そして冬季哉は朱里の頬と握りしめたこぶしを指の先ですいっと撫でる。

「でも俺ならいいじゃん。もっと俺を頼ってよ。朱里ちゃんが頼ってくれたら、俺、まともになれる気がするんだ」

「え……？」

　軽やかな言葉に、いったいどういうことかと顔を上げると、冬季哉は長いまつ毛を瞬かせながら言葉を続けた。

「朱里ちゃんに言われてから考えたんだけど……俺は確かにおかしいんだと思う。今でも朱里ちゃんに手錠をかけたこと自体は、まったく後悔していないし」

「えっ、してないの？」

　てっきり反省してくれていると思っていたので、思わずぎょっとしてしまった。

「うん。ちょっぴり嫌われたのはショックだったけど、自分のやったこと自体は間違ってないと思う」

冬季哉はあっけらかんと肯定してしまった。

「そんなの……変よ」

前回もそのことで言い合いになったというのに、また口にしてしまった。だが冬季哉は声を荒らげることはなかった。

「うん。だからさ、朱里ちゃんが俺を育ててよ。朱里ちゃんが思う理想の男に育ててくれたら、双方にとってｗｉｎｗｉｎでしょ」

むしろキラキラした瞳で朱里を見つめ、そしてうっとりとした微笑みを浮かべる。

「俺、朱里ちゃんの理想の男になりたい」

もう、なにも言えなかった。彼は心底そう思っているのだ。

冬季哉はまともではないが、ある意味誠実だ。結局、冬季哉はやりたいようにやる男で、なおかつ彼が朱里に抱いている純粋すぎる気持ちだけは『本物』で疑う余地がない。

だったら朱里も、世間一般の倫理観やそういったことで彼の気持ちを変えようとするのは無理だと受け入れて、違うアプローチをするしかないのかもしれない。

理想の男に育てる――。彼と付き合いたいわけではないが、その名目さえあれば彼は朱里の意見を聞き入れてくれるということだ。

（うん……そうしよう）

朱里はぎゅっと目を閉じたあと、正面に座った冬季哉の目をまっすぐに見つめた。

「わかった……。そういうことなら、私も冬季哉くんのこと考えてもいいわ」

「えっ、本当に!?」

頬杖をついた冬季哉が、驚いたように顔を上げて背筋をまっすぐに伸ばす。彼の美しい目は期待でキラキラと輝き始め、尻尾をブンブンと振っている幻覚が見えるようだった。

それもそうだろう。最初からずっと朱里は冬季哉を拒み通していたのだから。そんな朱里の気持ちの変化を冬季哉が見逃すはずがない。

冬季哉は期待に満ちた目で朱里を見つめてきた。ソワソワしている冬季哉を制するように言葉を続ける。

「じゃあまず、体目当てじゃないってわからせて」

「えっ？　体目当てなんて、そんなわけ……」

「でもそう思うのも当然でしょう？　冬季哉くんは私の気持ちおかまいなしに、えっちなことたくさんしたじゃない」

「うっ……そう言われれば、そうかも……」

冬季哉はひどく痛いところを突かれたと言わんばかりに、胸のあたりに手のひらを置いて、うめき声を上げた。

「俺は好きだからしたいんだけど、朱里ちゃんからしたら、そう見えるかもしれないね……だとしたら逆効果だったってことか」

　ひどく落ち込んだ雰囲気で、雨にうたれた子犬のようにうなだれている。

（うわぁ……私の言うことを、聞き入れてる……！）

　思ったより効果があったようだ。それを見た朱里はなぜか新鮮な気持ちで感動していた。だがいつまでも感心してはいられない。彼の気持ちを担保に交換条件を出すのは、少しばかり気が引けるが、朱里だって自分の身が大事だ。

　冬季哉にゆっくりと顔を近づけ、そうっと右手を伸ばし彼の頬に指先で触れた。

「私が好きなら、強引に抱いたりしないで。あなたを信じさせて」

「朱里、ちゃん……」

　キスをするより遠い距離なのに、なぜかこちらを水っぽく濡れた目で見つめる冬季哉と、心が近づいている気がした。

　我ながらズルいと思う。そもそも自分の体にそんな価値があるとも思っていないし、本心では『信じたい』と思っているわけじゃない。むしろ信じるのは怖い。

　体目当てなのかと冬季哉をなじったのは、あくまでも建前だ。冬季哉が自分に本気なのを逆手に取った、朱里の駆け引きだった。

（どう……？）

　朱里はドキドキしながら冬季哉を見つめる。

冬季哉は緊張したように何度かすうはあと大きく深呼吸をしたあと、きっぱりと言い放った。

「わかった。朱里ちゃんがいいって言うまで、絶対に抱かない」

決意に満ちた冬季哉の言葉に、朱里は内心ガッツポーズをする。

(やった……！　冬季哉くんはなんだかんだ言って若い男の子だもの……。抱けない女をいつまでもそばに置いておかないはずよ)

朱里が自分から抱いてほしいなんて言うはずがないのだから――。

朱里はホッとしつつ、冬季哉を見つめる。

八つも年下で、杠葉家の御曹司の彼を恋愛対象に見ることはできないが、二十歳の冬季哉は誰が見ても魅力的な青年だ。大学でもモテているに違いない。

(そうだよね、モテないわけ、ないよね……)

なぜだろう。胸の奥がちくん、と針に刺されたように痛くなる。

(あれ……？)

一瞬訪れた痛みに戸惑っていると、冬季哉が神妙な顔をして顔を近づけてくる。

「あのさ、でも触れるくらいはいいよね」

「触れるって……」

抱かないが、触れたい――ということらしいが、冬季哉のねちっこい愛撫を思い出すと、とてもOKは出せない。

（絶対、ただ触れるだけって言って、それ以上のことをしそう）

そう思った朱里は無言で首を振ったが、冬季哉もその表情から察したらしい。

「友達同士のスキンシップの範囲内でしか触れないから。唇にキスもしない！　えっちな触《さわ》り方しないから！」

と、必死だった。

「ねぇ……そのくらいは許してほしいな……。じゃないと俺、爆発しちゃうかも」

かわいらしく唇を尖らせるが、言っていることは恐ろしい。

（爆発されるのは困る……）

そんなことになったら手錠どころか足枷《あしかせ》もされるかもしれない。そう思うと適度なガス抜きは必要な気がしてきた。

「本当に、普通のスキンシップ程度なら……いいけど」

仕方ないとうなずくと、冬季哉がほっとしたように目を細めてにんまりと微笑んだ。

「よかった……。うん、俺朱里ちゃんに信じてもらえるよう頑張るから」

冬季哉は椅子から立ち上がると、いきなりぎゅうっと朱里の体を抱きしめる。

「ひゃっ！」

思わず悲鳴を上げる朱里に、冬季哉は弾んだ声でささやく。

「これはみんなやってるただのハグだから」

「うう……」

確かにただのハグだが、相手が冬季哉だと妙にドキドキしてしまう。

(私、大丈夫かしら……)

とりあえず無理やり抱いたりしないと約束をとりつけたのはよかったが、これで一安心かというと、若干不安が残る朱里だった。


その日の夜——当然のように同じベッドに入ろうとしてきた冬季哉を、丁寧に断った。

「ひとりで寝たいから」

そう宣言した朱里に、冬季哉は息をのむ。

「なんで?」

朱里に拒まれた彼は、この世の終わりのような顔をしている。もしかしてセックスできない代わりに、腕に抱いて寝ようと思っていたのかもしれない。

だがそんなことになったら、また流されてえっちなことになってしまう気がする。

大事なのはもう冬季哉に近づかないことだ。物理的に離れてさえいればそういうことにはならないはずだ。

朱里はヒヤヒヤしながら、平静を装って言葉を続ける。

「ゆっくり寝たいの。ここ最近ずっと寝不足だったから、すごく、すごーく疲れてるの」

すごく、と強調した。

「寝不足……そうか」

自分のせいだという自覚があるのだろう。冬季哉はがっくりと肩を落とす。だがどうしても諦められないらしい。

「同じベッドがだめなら、隣にベッドを置くのは？」

と、妥協案を出してきた。正直いって部屋は広く、ベッド二台を並べるのは余裕だ。なんならもっと置ける。だが朱里は譲らなかった。

「視界に入ると落ち着かないから」

「そっか……」

冬季哉はまた悲しげにため息をつく。

(諦めてくれたかな……？)

そう思ったところで、冬季哉はハッと思いついたように顔を上げた。

「じゃあ俺は床で寝るよ」

「えっ？」

「朱里ちゃんの視界に入らないようにするから。それならいいよね！」

冬季哉は名案だと言わんばかりに表情を輝かせた後、跳ねるように部屋を飛び出していった。正直、止める間もなかった。

(床で寝る……冬季哉くんが？)

なぜ床なら問題ないということになるのだろう。冬季哉の思考回路がまるで理解できない。確かに視界には入らないかもしれないが、床で寝るなんてどう考えてもおかしい。

まさか本気で言っているのだろうか。だがそれから間もなくして、冬季哉が毛布やシーツを抱えて戻ってきた。腕の中にはクッションもある。

「本当に床で寝るの？」

おそるおそる尋ねると、冬季哉はニコニコしながらうなずく。

「うん。絨毯を敷いているし、クッションもたくさん並べたら体も痛くないと思うよ」

そしてパパパ、と手際よくシーツを敷き、クッションを床に並べ毛布を広げ、その場にあぐらをかいて座り込んでしまった。

肌触りのよさそうなカットソーとスウェットパンツを身に着けているだけなのに、シンプルがゆえに抜群のスタイルが余計際立っている。

(無駄に素敵すぎるんだから……)

朱里はそんなことを思いつつ、そうっと彼から目を逸らす。

「冬季哉くんがそれでいいならいいけど……」

床で寝るなんて心配でたまらないが、ここで同じベッドで寝ることを許せば、なし崩し的にえっちなことになりそうな気がするので、心を鬼にして目を背けるしかない。

ひとりで天蓋付きのベッドに潜り込み、リモコンで天井の照明を消した。

「おやすみ、朱里ちゃん」

ベッドの下から弾んだ冬季哉の声が聞こえてきた。

床で寝ているのにワクワクしているような雰囲気もある。

「おやすみなさい、冬季哉くん」

朱里もそれに返事をして、目を閉じた。しんと静まり返った部屋には、お互いの呼吸音だけが聞こえる。

今日はまだしも、銀のスプーンをくわえて生まれてきた杠葉家の御曹司が、床で寝るなどだい無理な話だ。きっとすぐに音を上げるだろう。

（そうよ……明日にはきっと別の部屋だわ）

朱里は久しぶりにゆっくり眠れる状況に、感謝しながら眠りに就いた。

翌朝――。窓の外から鳥の鳴き声が聞こえる。

目覚ましがなくとも、いつも就寝してから七時間後に目が覚める朱里だが、この時点で、体がずいぶん楽になっているのがわかった。

（久しぶりにたっぷり眠れたなぁ……）

そんなことをぼんやり思いながら瞼を持ち上げる。

「おはよ」

ニコニコと微笑む冬季哉の顔が目の前にあって、「ひゃああ！」と悲鳴を上げてしまった。

「なななんっ、なんでっ！」

心臓がバクバクと跳ねている。慌てて毛布を引っ張り上げる朱里を見て、ベッドに腰かけた冬季哉はニッコリと笑った。

「俺もついさっき起きたんだ。寝顔を見てただけで、キスとかしてないから安心して」

「そ、そう……」

仮にされていたとしてもわからない気がするが、彼がしていないと言うので信じるしかない。

(そういえば同じ部屋で寝てたんだっけ……冬季哉くんは床だけど)

朱里は体を起こしてベッドから降りる。なにげなくベッドの下を見ると、毛布がくしゃくしゃと丸められていた。

「どうぞ」

朱里の背後に回った冬季哉が、薄手のガウンを羽織らせてくれた。そして足元に柔らかいルームシューズを並べる。いたれりつくせりだ。

「ありがとう」

少し申し訳なくなりながら、シューズを履き背後の冬季哉を振り返る。相変わらず朝からハッと息をのむような美青年だが、顔色も悪くないし溌剌《はつらつ》として元気そうだ。

自分が同じように床で寝たら、すぐに体調を崩してしまうだろう。これが若さというやつかもしれない。年の差をヒシヒシと感じつつ朱里はおそるおそる尋ねた。

「体は大丈夫？　風邪とか引いてない？」

「なんともないよ。冬でもないし、風邪なんか引かないって」

冬季哉はあっけらかんとした態度で答える。

「そう……」

とりあえず冬季哉が大丈夫というのだからいいのだろうか。

「朱里ちゃんはゆっくり眠れた？」

「おかげさまで」

すると冬季哉はほっとしたように胸を撫でおろし、それから真剣な眼差しで朱里を見つめた。

「俺、本当に床で寝たから。寝顔は見てたけど指一本触れてないから」

「約束を守ってくれてありがとうね」

ゆっくり眠れるだけで本当にありがたい。朱里が微笑むと、冬季哉はまたパーッと花が開くような満面の笑顔になった。

　その二十歳の青年らしい、朗《ほが》らかで清らかにすら見える笑顔に一瞬見とれていると、冬季哉が続けて感極まったように唇を震わせた。

「もしかしたら……わかったかも」

「え？」

　いったいなにがわかったのだろう。冬季哉の言葉の意図がわからず、朱里は目をぱちぱちと瞬かせる。

「好きな人に喜んでもらうって、こんなに胸がドキドキするもんなんだなぁ……。俺、今まで他人のためになにかしようなんて思ったことなかったから……いつだって自分のためだったから」

　冬季哉はやんわりと目を細めながら、朱里の目を覗き込んだ。

「朱里ちゃんに俺の気持ちを信じてもらいたいって必死だったけど、俺が今までやってきたこと……朱里ちゃんを助けたのも、キヨさんを引き取ったのも、結局全部自分のためだった。でも朱里ちゃんに好きになってもらうには、そうじゃだめってことなんだ。朱里ちゃんにありがとうって言ってもらえることをすればいいんだ」

「あ……う、うん……そう、ね？」

　助けてもらって感謝しているし、人として冬季哉に好感を抱いているが、そこは誤魔化してしまった。

それにしても、いったいどういうことだ。まともじゃないからと拒否した次の日に、冬季哉は思いやりの心を学び始めている。

(昔の冬季哉くんは、叱ってくれる大人が身近にいない子供だった。頭のいい子だったからそれでも今まで生きてこれたんだろうけど)

これを機に、朱里以外の他人にも興味を向けてくれたらいいのだがと、思わず保護者目線で見てしまった。

「俺、絶対に朱里ちゃんに好きになってもらえるような、いい男になるからね」

冬季哉はニコッと笑ってそう言い切る。

「朝食を運ばせるから顔洗っておいでよ」

そして跳ねるように機嫌よく、部屋を出ていった。もちろん鍵はかけなかった。

「うん……」

冬季哉の背中を見送りながら、朱里は唇を噛みしめる。

(どうしよう。いきなり改心してる。昨日の今日で、学習能力が高すぎるんですけど)

この調子で彼が成長してしまったら、冬季哉がただのスパダリになってしまうではないか。朱里は別に完全無欠の男を育てたいわけではない。なにかも、彼の思いを拒むためだ。自分がとんでもないものを育てているような気がして、少しだけ恐ろしくなった。

（いや、でも彼は手錠をかけておいて反省しないような男の子だし！　気を許したら駄目なんだからね！）

朱里は若干不安になりながらも、強い気持ちを持ってバスルームへと向かったのだった。

それから数日、冬季哉は文句ひとつ言わずに床で眠った。お互い横になってからは、とりとめのない話をしているのだが、先に寝てしまうのはいつも朱里のほうだった。

冬季哉は朱里より早く起きて朱里が目覚めるのを待ち、それから朝食を一緒に食べて大学に行く。唐沢いわく、交友関係の広い彼は、授業以外にもあれこれと用事があるらしく、毎日忙しくしているのだとか。

（杠葉家の事業の一部を任されてるって言ってたけど……）

学生の身でありながら、企業のトップとして決断するというのはどんなに大変だろう。自分ひとりならまだしも、多くの従業員の生活がかかっているのだ。朱里ならストレスですぐにダウンしてしまうに違いない。

だが冬季哉はいつも朱里の前ではニコニコして機嫌がよさそうで、心労など微塵も感じさせない。実家の父は仕事がうまくいかないと、イライラして朱里にあたっていたから、まるで雲泥の差だと思ってしまう。

今更かもしれないが、冬季哉は自分が思う以上に大人なのかもしれない。

それに引き換え、朱里は未だに就職も決められない。実は彼には内緒にして、スマホからこっそりと面談の申し込みをしたりと、朱里なりに活動をしていたのだが、どれも面接にすらたどり着けなかった。

(恥ずかしいな……)

やはり朱里は、こんな自分が冬季哉にふさわしいとは微塵も思えないのだった。

それから間もなくして杠葉邸では、キヨを迎え入れるためのリフォーム工事が行われることになった。朱里や冬季哉の部屋は二階だが、エレベーターなどをつけて移動するのは大変だろうということで、キヨの部屋は屋敷の一階、南向きの日当たりのいい部屋に決まった。もとは冬季哉の祖母が使っていたとかで、それはそれは贅沢な部屋なのだが、半分和室にするという。

もちろん朱里は恐縮した。だが冬季哉は『家は住まないとあっという間に傷むんだよ。だからいいんだって』とあっさりしたものだった。

今日も朱里は日課である祖母のお見舞いにやってきた。

「おばあちゃん、様子はどう？」

四人部屋の窓際のベッドで、のんびりと編み物をしている祖母に声をかける。何日かは一泊十万円もする特別室で過ごしていたが、話し相手が欲しいというキヨの希望を聞いて、冬季哉が四人部屋に移してくれたのだ。

(もうすぐ梅雨が始まるのかなぁ)

病室の窓から見える空は明るい。昨晩から今朝にかけて雨が降り続いていたのだが、朱里が家を出る頃にはすっかり晴れて青空が覗いていた。

「今日も車で送ってもらったの？」

キヨの問いに、朱里はこくりとうなずく。

「冬季哉くんがとうぶんはそのほうがいいって……その、私のことを心配してくれて」

朱里がごにょごにょとお茶を濁《にご》すと、キヨはいったんなにかを言いかけたが、そのまま口をつぐんでしまった。確かにここでは込み入った話はしづらい。

「談話室でお話ししようか」

朱里はそう言って祖母を誘い連れ立ってナースステーション前の談話室に入ると、窓際の席に向かい合って座った。

「おばあちゃん、具合はどう？」

「なんともないよ。毎日よくしてもらって、お食事もおいしくいただいてるよ。食事で予防できるんだって」

キヨはにっこり笑って、孫娘を見て目を細める。

　脳梗塞と聞いて朱里は恐ろしいことばかり想像していたが、冬季哉の言うように緊急を要するほどではなく、食事制限と投薬で少しずつ改善するよう治療してくれているらしい。顔色を見れば、以前よりも肌がつやつやしているようだ。

「よかった」

　朱里がほっとしたように笑みを浮かべると、キヨもつられたように笑顔になる。

「ところで朱里、家のほうはもう大丈夫なの？」

「うん。今のところ連絡もないし」

　祖母と出ていった朱里のことを、両親や妹はどう思っているのだろう。冬季哉が朱里とキヨを連れ去ったことを成美から聞いているだろうに、未だに無反応なのが逆に不気味でもある。

「おばあちゃんこそ大丈夫？　もうあの家には帰れなくなっちゃったけど……」

　周囲を気にして、朱里は声をひそめる。あの家は祖母にとっても実の娘が生まれ育った、思い出深い家なのだ。

「そうだねぇ……寂しいけど、私は朱里に出稼ぎさせるなんて、望んでないから。あの人が朱里を大事にしてくれないってわかっていたのに、なかなか決断できなかった。もっと早くお前を連れて家を出るべきだったんだよ。本当に、ごめんねぇ……」

　キヨは心底申し訳ないという表情で、うなだれてしまった。

「おばあちゃん……」

娘婿に不満があっても、朱里にとっては血の繋がった父親だ。しかも自身の名義の土地に長く住んでおり、亡くなった夫の仕事を継いでくれている。恩義を感じ、祖母は祖母なりに我慢していたに違いない。

ちなみに冬季哉は今の状況について『朱里が遠い外国に出稼ぎに行かされる寸前だった』と、祖母に説明したらしい。たまたま朱里がよくないことに巻き込まれていることを知った冬季哉が、朱里を救い出した——というのが、彼が考えたストーリーだった。

人身売買組織に売られ、オークションにかけられたなんて、キヨに話すわけにはいかない。心労で倒れてしまいかねない。

(出稼ぎってどうかと思うけど、確かにニュアンスとして近いかも)

実家に戻った日にそうではないかと疑いを持ったが、冬季哉は『自分を育ててほしい』と告げた翌日に、朱里にもきちんとまとめた報告書を見せて説明してくれた。

報告書には、実家の工務店の経営状況や、事業とはまったく関係ない借金などが微細に記されており、朱里が思っている以上に厳しい状況だった。なのに両親は金遣いを改めることはいっさいなく、結局、朱里を売るという選択をしたのだ。

母方の大叔父が間を取り持ち、朱里はその筋に八百万円で買われたらしい。仲介金などをたっぷり取られて、両親が手にしたのは約五百万円ということだった。

（確かに五百万円を稼ぐのはすごく、すごく大変だけど……でも、普通に働けば私だって二年でそのくらい家にお金を入れられるのに……）

朱里は毎月稼いでいたお金をほとんど両親に渡していた。冬季哉は『目先の金欲しさ』と言っていたが、まさにそのとおりだ。両親はそのたった数年も待てなかったのだろう。そう思うと、余計虚しさが募る。

そしてなにより、冬季哉が助けてくれなかったら、今自分はどんな悲惨な状況に陥っていただろう。祖母だってきっと体を悪くしていたはずだ。

「朱里……」

無言になった朱里を見て、キヨがまた辛そうな表情になる。朱里は慌てて顔を上げて、唇の両端を持ち上げるようにして微笑んだ。

「おばあちゃん、気にしないで」

朱里はそうっと手を伸ばして祖母のしわくちゃな手を取り、両手で包み込む。

そう、この状況は祖母だけの責任ではない。

朱里だって一度だってキヨに泣き言を言わなかった。毎日アルバイトを掛け持ちして働いているのも、これしかできないからと我慢していた。

いや、正確に言えば我慢ではない。ただ思考を停止していたのだ。考えることを放棄していた。

「私も……もっと早くおばあちゃんに打ち明けていればよかった。貧乏でもいいから、ふたりで出ていこうって言えばよかった。それができなかったのは……たぶんだけど、なにも考えたくなかったんじゃないかなって、思ってる」

朱里は疲れ切っていた。両親や妹の言うことはおかしいとわかっていたのに、体を動かしていればなにも考えずに済むから、と考えることを放棄していたのだ。

生きてはいたが、感情を持たないロボットだった。

冬季哉に保護され、杠葉邸できちんとした食事をとり、ゆっくり入浴してたっぷり眠るという、人間らしい生活を送れるようになって、ようやく自分を取り巻く環境がいかに異常だったか気づくことができた。

「二十八にもなって、今更だよね……」

朱里がへへへ、と恥ずかしそうに笑うと、キヨは慌てたように首を振る。

「そんなことない。朱里はずっと頑張ってたよ。おばあちゃんは知ってるよ」

「ありがとう、おばあちゃん」

朱里はきゅっと唇を噛みしめてゆっくりと口を開く。

「だから、遅いなんてことはないと思いたい。生きてさえいれば何度だって、やり直せると思いたいんだ」

楽観的かもしれないが、こうやって気づけたのだからあとは幸せになるために、努力すればいい。朱里はそう思うのだった。

「生きていれば……うん……そうだね。ありがとうね、朱里」

そう、生きてさえいればきっとなんとかなるはずだ。

生きてさえいれば——。

ふと、脳内に冬季哉の顔が浮かぶ。

穏やかで温かい空気の中、彼にたっぷり甘やかされて、いつまでも心安らかに暮らせたらどれだけ幸せだろう。だがすぐにハッと我に返る。

（いやいや、なに考えてるの、私！）

分不相応に大事にされて、調子に乗ってしまったのかもしれない。彼に自分はふさわしくないし、釣り合わない。この状況がいつまでも続くなんてありえないのだ。

朱里は心を落ち着かせるために、バッグから取り出したペットボトルのお茶に口をつける。

「ところでね、おぼっちゃんと朱里は恋人同士なのかい？」

「けほっ！」

突然の爆弾発言に、危うくお茶を噴き出しそうになった朱里は、慌てて手の甲で口元をぬぐう。

「えっ、ええっと……それはぁ……その……なんていうか……まだ、そういうわけじゃないんだけど……」

「あら、そうなの？」

動揺しすぎて声が詰まってしまった。

「だって、年も離れてるし。私なんか、全然釣り合わないじゃない……」

駄目な理由がいくらでも思いついてしまう朱里は、誤魔化すようにそう口にする。そんな孫娘の動揺っぷりを見て、キヨはうふふと楽しそうに笑う。

「もちろん朱里が決めることだけど……釣り合わないってお断りするのは、かわいそうすぎやしないかねぇ」

「かわいそう？」

誰の目から見ても恵まれた冬季哉が『かわいそう』だなんてあるのだろうか。怪訝そうな表情になる朱里を見て、キヨは言葉を続ける。

「一見卑下しているようで、その人を見ないまま拒絶しているわけだろう？　それは誠実じゃないと思うんだよ」

「あ……」

それは今の朱里にぐさりと刺さる言葉だった。

確かに祖母の言うとおりだ。朱里は『年齢と身分』を上げて、冬季哉の思いを受け取れないと拒否していたのだ。ついさっきまでそうだった。

大好きな祖母に誠実ではないと諭されて、朱里はしゅんと肩を落とす。そんな孫娘に、キヨは優しく言葉をかける。

「おばあちゃんはね、もしかしたら朱里の人生の邪魔になってるんじゃないかってずっと悩んでいたんだよ。でもね、おぼっちゃんが言ってくれたの。『朱里ちゃんの一番大事な人を大切にさせてください』って。『元気でいることがなによりの孫孝行ですよ』って」

キヨはかすかに潤んだ瞳を瞬かせながら、目じりに浮かんだ涙を指先でぬぐう。

「そう、だったの……」

「それでね、表面上は飄々《ひょうひょう》として本心を悟られないようにしていらっしゃるけど、朱里のことを話すときだけは、ちょっと子供っぽくて、年相応になられるのよ。『朱里ちゃんの好きな色とか、食べ物はなんですか？』とか『なにをしたら喜んでくれるんでしょう』とか……真面目に聞かれるからおばあちゃん、おかしくって」

キヨはクスクスと笑う。

「冬季哉くん、おばあちゃんにそんなこと聞いてたの……？」

好きな色や食べ物を聞くだなんて、年相応どころか中学生かと言いたくなってしまう。

朱里が呆れた顔をするのを見て、キヨは「かわいらしいって思ったわ」と目を細める。

「朱里はまだ迷っているみたいだけど……おばあちゃんは、応援してるからね」

そして祖母は、両手のこぶしを胸の前でぎゅっと握って「がんばれ～」と微笑んだのだった。

「おばあちゃん……」

キヨのまっすぐな応援を目の当たりにして、最初から受け入れるつもりがないのだと言えなくなってしまった。

(でも、そうなんだ。私のしていることは不誠実なんだ……)

冬季哉は『win win』の関係だと言ったが、本当は違う。彼は朱里に愛してもらいたいと願っていて、そのために一生懸命尽くしてくれている。なのに自分は冬季哉の気持ちには応えられないとはなから決めていて、こそこそと就職活動をしたりして、離れることばかり考えている。断るのは彼のためでもあると思っていたのに、結局それは『逃げ』だったのかもしれない。

(私、最悪な女なのでは……?)

今更ではあるが、朱里は激しいショックを受けてしまった。

それから検査があるというキヨに別れの挨拶をして、とぼとぼとロビーに戻ると、見知った顔が正面から近づいてくる。

「あれ、唐沢さん?」

彼はお昼ごろ、冬季哉を大学に送っていったはずだ。

唐沢は朱里を発見すると、どこか緊張した表情で小走りに近づいてきた。いつも落ち着いている彼には珍しい態度だ。

「実は、杠葉邸にお客様がお越しになられていまして。冬季哉さまのご友人なのですが」

「あ、なるほど……私はいないほうがいいってことですよね」

朱里はうんうんとうなずく。

冬季哉だって二十歳の学生だ。友人を家に招くことだってあるだろう。身内でもない年上の女が屋敷にいたら変に決まっている。

どこかでヒマでもつぶしたほうがいいかと考えていると、唐沢は首を振った。

「いえ、そうではないです。逆です」

きっぱりと言いきった後、腕時計に目を落とす。

「時間が迫っているので話は車の中でしましょう」

「え、あ、はい……」

なんだか急を要するようだ。朱里はうなずき、唐沢と一緒に駐車場へと向かった。

大きな駐車場を横切りながらチラチラと隣を歩く唐沢の顔を見ると、どこか落ち着かない様子だ。やはり珍しい。唐沢は多少のことでは動揺した顔を見せない人のはずだ。

(もしかして人手が足りないから、メイドとして働いてほしいってお願いなのかも？)

一応、朱里は客人として杠葉邸に滞在している。そういう人間に頼みづらいというのは容易に想像できた。

なんでも手伝いたい。

だがかれこれ二週間近く、杠葉邸にはお世話になっているのだ。自分にできることならなんでも手伝いたい。

朱里は表情を引き締めて、言いにくそうな彼に代わって自分から申し出ることにした。

「あの、唐沢さん。冬季哉くんのお友達がくるんですよね。困っているならお手伝いします。遠慮しないでください。おばあちゃんも私もお世話になっているんだから当然です」

「津田さん……」

唐沢は珍しく感極まったように彫りの深い眉のあたりをぎゅうっと寄せると、車の前に立ち止まり朱里に深々と頭を下げた。

「そう言っていただけると本当に助かります。きっと津田さんは断るだろうと思っていたので……ぼっちゃまのご命令を遂行できないかもしれないと悩んでいたのです」

「そんな大げさな」

朱里はへらっと笑って頬にかかる髪を耳にかける。

（メイドなら前だってやってたし。お茶をお出ししたりするくらいなら、問題ないわ）

唐沢は後部座席のドアを開けながら、晴れ晴れとした表情になる。

「ではすぐに参りましょう」

「はいっ」

唐沢の力になれてよかった――。
そう思いながらやる気満々で車に乗り込んだ朱里は、すぐに自分の選択を後悔することになるのである。

今から約百年前の大正末期、杠葉家の御曹司は皇族軍人の常としてフランスに留学し、青年期を過ごした。彼はその美貌と知性を武器にパリ社交界で東洋の光宮《ひかるみや》と呼ばれて親しまれ、同時にフランス文化の造詣を深めたという。

そして流行の最先端であるアールデコにすっかり魅了された光宮は、帰国後に帝より賜った広大な土地に、両親が住む本館とは別に、己の好みを十二分に発揮させたアールデコ様式の邸宅を建てた。

それが現在の杠葉家の敷地内にある、別館だ。

鉄筋コンクリート仕立ての三階建てで、地下室を備えた邸宅の外観はシックだが、足を一歩踏み入れると、直線と図形を合理的に組み合わせた洗練されたデザインに、誰もが目を奪われてしまう。

「すごい……これが百年前の建物なの？」

「いや、マジですごいな。文化財レベルだろ。これをただ維持するだけでものすごい金がかかるはずだぜ」

冬季哉の取り巻きの男女五人が、あんぐりと口を開けて周囲を見回している。

玄関フロアに一歩足を踏み入れると、床には蔦と幾何学模様を描いた鮮やかなモザイクタイルが一面に貼られており、次の部屋には中央に陶器の噴水が置かれていた。現在は稼働していないが、百年前はここで水を流したり香を焚いたりしていたらしい。

「やだすごい、家の中に噴水がある！」

女学生がスマホを向けて撮影をしていると、続きの部屋から冬季哉が颯爽と姿を現した。

「こんなところに待たせて悪かったね。別館は普段使っていないから、準備に手間取ってしまって」

「いきなり家を見たいなんて言った俺たちが悪いんだから、気にしないでくれよ」

有名家電メーカーの社長令息が、申し訳なさそうに顔の前で両手を合わせると、冬季哉は軽く首を振って、彼らを応接間へと案内する。

「向こうにお茶とお菓子を用意したよ」

「冬季哉くんっ、すっごい、すっごいよ！　ありがとう〜！」

以前、冬季哉に自宅に招待してほしいと言ってきた大臣の娘が、弾んだ声で冬季哉のもとに駆け寄る。人目がなければ今にも飛びついてきそうな勢いだ。

「どういたしまして」

冬季哉はにこりと微笑む。

「あのね、今度はうちに来てほしいな。お父さんが冬季哉くんに会いたいって」

そう言いながら、冬季哉の腕にそうっと寄り添いながら上目遣いになった。

「お招きは光栄だけど、学生の俺が君のお父さんとなにを話したらいいか、ちょっとわからないな」

冬季哉は軽く首をかしげた。

彼女の父親は国会議員で、現役の大臣である。

「やだ、堅苦しく思わないで。お招きいただいたお礼をしたいだけだし」

「そう？　じゃあそのうちお伺いするよ」

冬季哉はさわやかに微笑みながら、応接室のドアを開く。そして部屋の中に向かって、甘い声で呼びかけた。

「朱里ちゃん、お客様だよ。お茶の用意はできたかな」

その、誰も聞いたことがないような甘ったるい冬季哉の声に、その場にいた全員が驚いたように目を見開く。

「え？」

そして冬季哉に寄り添っていた女子は、部屋の奥、暖炉の前に立つひとりの女性を見て凍りつくように立ち尽くしてしまった。

「あ、あの、冬季哉くん、その人、誰なの……？」

「彼女……？」

冬季哉はニコニコと微笑みながら上品なワンピースを着た朱里の隣に立つと、そのまま肩を抱き寄せてにっこりした。

「俺の大切な人だよ。大事な友人である君たちにも紹介したいと思っていたんだ」


「じゃあまたね。気をつけて」

屋敷の外には夕暮れの気配がすぐそこまで来ていた。玄関で友人たちを見送る冬季哉の横で、朱里もまたにこにこと微笑みながら会釈をする。

（やっと、終わった……）

男性陣は機嫌よく笑っていたが、ふたりいた女子があからさまに気落ちしていた。非常に居心地が悪かったが、そのことについてはもう考えないことにした。

目の前でパタンとドアが閉まったのを確認して、朱里は固まった笑顔のまま、その場に無言でしゃがみ込む。

「疲れた……」

表情筋は固まっているし伸ばし続けた背中が痛い。普段履かないヒールのせいで、つま先もじんじんと痛んでいる。二時間のアフタヌーンティーパーティーを終えた朱里は、もうすでに疲労困憊だ。

「朱里ちゃん、大丈夫？　具合悪い？」

顔を上げると同時に、冬季哉もその場にしゃがみ込んで心配そうに顔を覗き込んでくる。

「ううん、ちょっと気が抜けただけだから」

朱里はいったん浅く笑いはしたが、こうなった諸悪の根源のくせに、と思うと急に腹が立ってきた。眉尻を下げて冬季哉をにらみつける。

「こういうの、不意打ちって言うのよ」

「でも受けてくれたのは朱里ちゃんの意思でしょ？」

「うぅ……それはそうだけど」

そう、朱里はメイドを頼まれたわけではなかった。お茶会の女主人として冬季哉の友人をもてなすという大役を任せられたのである。

紅葉邸に戻って早々、唐沢から渡されたのはシンプルなベージュのニットワンピースだった。ウエストにリボンがついていて、結ぶと朱里の豊かな胸からウエストのラインがくっきりとあらわになる仕立てだ。

上品で美しいワンピースだが、若干目立ちすぎるのではないだろうか。

おかしいなと思いつつ着替えたところで、メイドがふたりやってきて、朱里の髪を巻き、丁寧にメイクまでされてようやく気がついたのだ。

自分が任されたのはメイドではないのではないかと——。

(でもまさか私がもてなす側だなんて……思わないじゃない)

お客様をもてなすのは女主人の役割だ。居候の自分では荷が重すぎる。

だが客が間もなく到着すると言われればもう嫌だと言い出せなくなり、結局朱里は、女主人のふりをして、冬季哉の友人たちにお茶を振る舞ったのだ。

二時間の間、女子たちの視線が痛かったのは言うまでもない。

「朱里ちゃん、すごく堂々としてたよ。俺見とれちゃったし」

冬季哉は上機嫌で朱里の手を取り立ち上がると、ワルツを踊るようにその場をくるりと回った。

「わわわっ」

朱里は冬季哉の腕の中に抱かれてくるくると回りながら、冬季哉を見上げる。

ベージュのサマーニットにネイビーカラーのテーパードパンツ、シンプルなスニーカー姿の冬季哉は、こうやって見れば本当に好青年だ。

「でも、あんなにベタベタする必要あった？」

「ベタベタなんかしてないけど」

冬季哉は不思議そうに首をかしげる。

「うそ。女の子たちがすごく怖い目で私を見てたよ」

朱里がお茶を淹れる横で、手伝うふりをしながら折に触れて腰を抱き寄せたり、耳元で「俺のためにありがとうね」といちいちささやいたりして、そのたびに女子の視線が突き刺さっていた。

「まぁ、それはね。そろそろ予防線張っておかないと、面倒なことになりそうでさ」

冬季哉は肩をすくめる。

要するに、朱里を使って女子をけん制したのだろう。

「もう……」

今日やってきた女の子たちはアイドル並みにかわいかった。おそらく冬季哉を狙っていたはずだ。

「ふたりとも、とてもきれいでかわいかったのに」

「それ、本気で言ってる？　どこの誰かがきれいでかわいくても、関係ない。俺にとって、女性は朱里ちゃんひとりだけだよ」

冬季哉は甘く瞳をきらめかせながら、朱里の背中に乗せた手を引き寄せる。

「俺は朱里ちゃんひとりだけを愛してる」

冬季哉は変わった。朱里が体目当てではないと思わせてほしいと告げてからずっと、冬季哉はその眼差しで、声で、朱里にそっと触れる遠慮がちな指先で、愛を告げる。

『好きだよ、愛してる。朱里ちゃんが世界で一番大事だよ』

惜しみなく注がれる愛の言葉を耳にするたび、朱里の胸はまるで十代の乙女のように震えるのだ。

（こんな気持ち、知らなかった……）

恋愛どころではない人生を送ってきた朱里にとって、揺るぎない愛情は、あまりにも眩しい、宝石ような輝きを放っている。

冬季哉のこちらを見つめる瞳が天井のシャンデリアの光を反射している。この瞳は小さい頃から変わっていなかった。

（そんな……愛してるだなんて言って、本当にいいの？）

そう尋ねたら、冬季哉はなんと答えただろうか。

きっと『もちろんだよ』と笑ったに違いない。

亡くなった母、そして祖母以外に、朱里をひとりの人間として尊重し、愛してくれた人はいなかった。その隙間を、冬季哉がうめようとしてくれている。これから先、自分にはそんな幸せは永遠にやってこないと思っていたから、戸惑いしかない。

（私も、幸せになっていいの……？）

朱里はひとりで生きてきた。そしてこれからも、ひとりで平気だと思っていた。一刻も早く就職して、自立するのが正しいと思っていた。なのにその決意が揺らぎそうになる。

期待してはいけないと思いながらも、幸せに対する耐性が低すぎて、決意がぐらついてしまう。

(私、自分が思っていた以上に、弱い人間だったんだ)

自分の弱さを受け入れるのには勇気がいったが、人はいつまでもひとりで生きられるわけではない。

「朱里ちゃんは運動神経がいいから、ダンスもすぐに覚えそうだね」

「――そうかな」

「そうだよ」

冬季哉はニコニコと微笑みながら、朱里をリードしてステップを踏む。

冬季哉と見つめあっていると、まるで時が止まったかのような感覚に陥る。朱里の手足はごく自然に冬季哉に寄り添い、動いていく。

(このまま吸い込まれてしまいそう……)

ゆっくりと、お互いの吐息が触れ合いそうな距離まで近づいた次の瞬間――ボーン、と柱時計が夕方の六時を知らせる。

その瞬間、朱里はハッと我に返り、とっさに冬季哉の胸をついて距離を取っていた。

「あ、あの、ワンピース汚しそうだから着替えるね！」

そしてくるりと踵を返し走り出していた。

こめかみがドクドクと脈打っている。頬のあたりが羞恥でぴりぴりする。

（時計が鳴らなかったら……私たち、キスしてたんじゃ？）

そう思うと朱里の朱に染まった顔の熱は、いつまでも引きそうにないのだった。

「今日はまっすぐ帰るのやめて、俺とデートしない？」

ある日の午後、病室のキヨとの面会を終えて車に向かっている途中、突然冬季哉がそんなことを言い出した。

玄関前のエントランスで立ち止まり、朱里は冬季哉を振り仰ぐ。

「でっ、デートって、突然どうしたの？」

思わず声が裏返ってしまった。

駐車場には黒塗りの車が停車していたが、冬季哉はそこに向かってサッと手を振り、それから朱里に向き合う。

「突然じゃないよ、ずっと考えてたんだ。だって朱里ちゃん、病院と屋敷の往復しかしてないじゃん。俺がショッピングに行こうって言っても『別に欲しいものないから』って断るし」

「うん……そうだね」

今まで、冬季哉には何度かショッピングに誘われたのだが、欲しいものなどなにもないので、そのたびに断っていた。

「俺は朱里ちゃんを目の前にして、洋服買ったり、ドレスやアクセ買ったりしたいんだよ。ひとりで見に行って買ってきても、つまんないし」

本当につまらないと思っているのだろう、不満そうに唇を尖らせている。そう言われても朱里だって困る。

「でも、このワンピースだって、今日初めて着たくらいだし……」

きちんと感のあるギンガムチェックのワンピースの裾をつまみ、少しだけ持ち上げた。開襟ボタンワンピースはウエストをリボンで絞るタイプの五分袖だ。生地のとろりとした質感が女性らしい印象で、朱里の体を包み込んで着心地もいい。

そもそも部屋のクローゼットには大量の洋服やドレス、靴などもそろえられている。体はひとつしかないのだから、これ以上あっても困る。

「欲がないなぁ……まぁ、朱里ちゃんらしいといえばそうなんだけど」

冬季哉は軽くため息をつくと、軽く肩をすくめて朱里を見下ろした。

「だからさ、買い物はやめてちょっとブラブラ散歩しようってこと。普通のカップルは意味なく歩いたりするものらしいから、そのくらいいいだろ？　拒否権はなし、はい決定」

そして冬季哉は運転手に「一時間で戻る」と告げて朱里の手を取ると、当然と言わんばかりに歩き出してしまった。

強引と言えばそうだが、嫌な気はしない。

(普通のカップルはそうするって……変だけど、冬季哉くんらしいかも)

隣を歩く、ゆったりとしたシルエットの白のTシャツに黒のスキニーパンツを合わせた冬季哉は、シンプルなのにやたらスタイリッシュに見える。彼はいつも忙しいので病院に一緒に来たのはまだ片手で数えられるほどだが、屋敷の外に出ると途端に大人っぽく見えるから不思議だ。

「どこに行くの?」

「すぐ近くだよ」

冬季哉はニコッと笑って建物の裏に回る。病院は駅の中心地から少し離れたところにあり、背後には小高い丘が広がっていた。緩やか階段を上っていくと、ビニールハウスがずらりと並んでいるのが見え始める。

「あれは?」

「病院と共同で運営しているハーブ園だよ。始めたばかりだけどそれなりに見ごたえがあると思う」

「へぇ……え、冬季哉くんの家が運営しているの?」

「俺が始めたんだ」

冬季哉は小さくうなずき、ビニールハウスの中に足を踏み入れる。ふわりとグリーンの香りがして、それだけで肩から余計な力が抜ける気がする。

「いい匂い……なんだかほっとするね」

朱里が深呼吸すると、冬季哉が「だろ？」と顔を覗き込んだ。

「人間関係が複雑化する現代では、体だけじゃなくて、心を病むことも多い。人が『癒し』を求める気持ちがあるなら、ハーブ療法やアロマテラピーだって馬鹿にはできない。医学は日々進歩するけれど、それだけですべての人が救われるわけじゃない。現代医学が補完しきれないところを補っていく、統合医療を行う病院が作れたらなって思ったんだ」

どうやらこのハーブ園はそこまで考えられて作られたもののようだ。

多くの事業を手がけているのは知っていたが、具体的な例を見せられて、朱里はあっけにとられてしまった。

「すごいのねぇ……」

誉め言葉すら凡庸な自分が情けなくなったが、冬季哉はまったくそうは思っていないようで、その切れ長の目を細めて微笑んだ。

「別にすごくはないよ。誰だって思いつくことだし。それよりほら、向こうにカフェがあるんだ」

思いついても実行できない人間がほとんどだと思うのだが、冬季哉は本当になんとも思っていないようだった。

それよりもカフェを見せたいようで、朱里の手を引いて歩いていく。

イングリッシュガーデン風の園内のほぼ中央にあるカフェは、白を基調にした木造の建物だった。天気がいいのでテラス席に座り、シフォンケーキとフレッシュハーブティーを注文する。

「わぁ……きれい」

運ばれたガラスのポットの中には、刻まれたレモングラスとミントの葉が浮かんでいた。黄緑色のカラーとさわやかな香りが鼻をくすぐる。シフォンケーキもふわふわで、生クリームが添えられている。とてもおいしそうだ。

「冬季哉くんは食べないの？」

彼の前に運ばれてきたのは、ハーブティーだけだった。

「俺、甘いもの食べないから。気にせず食べて」

「そう……？」

ひとりだけでなんだか悪いなと思いつつ、フォークでシフォンケーキを口に運んだ。

噛みしめるとじんわりと口の中に穏やかな甘みが広がる。

「うわぁ……おいしい……幸せぇ……」

しっとりとした口当たりに目を細めていると、冬季哉が唐突に口を開く。

「俺も」

「え？」

「朱里ちゃんが目の前にいて、笑ってくれるのが幸せだよ」

頬杖をついた冬季哉の頬の上で、午後の陽光がきらめく。

愛おしいという気持ちを隠さない、そのあたたかい眼差しに朱里は一瞬、泣き出しそうになってしまった。

（私、いつまでこの人の気持ちを無視するんだろう）

媚薬でどうにもならなくなったときは『昔馴染み』を理由にした。知らない男ではないから大丈夫だと体をゆだねた。そして彼から思いを伝えられてからは『年齢差があるから』という理由で、気持ちを受け入れないでいる。

鼻の奥がつんと痛くなって、唇が震えた。

今、朱里が感じているこの狂おしいまでの感情を、うまく言葉では説明できそうにない。

ただ、冬季哉はもう八歳の自分勝手な子供ではなく、ひとりの男で、自分を心から大事に思ってくれている。それが痛いほど伝わってきたのだ。

朱里がフォークをぎゅっと握りしめたところで、冬季哉はふと思い出したように手を伸ばしてきた。

「あ、やっぱりひと口ほしい。朱里ちゃん、あーん」

雛のようにパカッと口を開ける冬季哉を見て、気が抜けた朱里はふっと笑う。

「もうっ」

きっと冬季哉は気を使ってくれたのだろう。

朱里が答えを出して、自分の口から伝えるのを待ってくれている。

（そうだよね……。もう冬季哉くんは子供じゃない。私も心を決めなきゃ……）

そして朱里は、シフォンケーキを切り分けて、冬季哉の口の中に運ぶ。

冬季哉はモグモグとケーキを咀嚼《そしゃく》した後、名案が浮かんだと言わんばかりに手を伸ばし、朱里の手をテーブルの上でぎゅっと握った。

「そうだ、今度、うちの庭にハーブを植えよう」

「え？」

「いっそ温室も作るか。それも楽しそうだね」

「ええ？」

どこまで本気なのだろうと思ったが、冬季哉の言うことだ。きっとすべて真正直に口にしている気がした。


それから数週間、何事もなく穏やかに時間が過ぎていった。相変わらず朱里のスマホに両親からの連絡が入ることもない。

冬季哉は大学に行き、朱里は病院に毎日通い、たまに冬季哉と一緒に部屋で映画を観たり、杠葉家の庭でピクニックをしたりと穏やかな日々を送っていた。

そのうち飽きるだろうと思っていたのに、冬季哉の朱里に対する愛情表現は日増しに強くなる一方だ。「好きだよ」と、ことあるごとに甘い声でささやき、ハグをして頬を寄せてうっとりと目を閉じる。

冬季哉の広い胸の中に閉じ込められていると、ここ以上に安全な場所はない気がして、朱里は喜びを感じると共に怖くなった。

毎日浴びるほど甘い言葉にさらされて、溺れてしまいそうになる。

(私、今更だけど、冬季哉くんのこと……)

さんざん受け入れられないと言ってきたが、あのハーブ園で、幸せだと微笑む彼を見てから自覚している。朱里は八つも年下の男の子の、冬季哉に惹かれている。

十一年ぶりの再会があんなかたちだったから、すぐには受け入れられなかった。手錠をかけられたことも忘れていない。

だがそれ以上に、冬季哉のまっすぐな愛情に包まれて、朱里は『愛される』という甘やかな喜びを知ってしまったのだ。

このまま彼を受け入れたい――今はそう思っている。

だが朱里はまだ怖かった。二十年間、他人に愛されることのなかった自分が、本当に冬季哉とうまくやっていけるのか、自信がなかった。

彼を受け入れていつか別れが来たら？

そんなことになったら自分は耐えられるだろうか。失うくらいなら現状維持のほうが傷つかなくて済むと逃げ道を探してしまうのだ。

（だめね私。すごく弱虫だ……）

ずっと自分は強いと思っていたのに、こんなことになるなんて。いったい自分のなにを信じたらいいのだろう。

あれこれと思い悩みながら病院から杠葉邸に戻ると、唐沢が慌てたように朱里を出迎えた。

「津田さん、すみませんちょっとよろしいですか？」

「はい、なんでしょう」

「実は――」

「ゲホガホガホッ……！」

ベッドの中で背中を丸めた冬季哉が、激しくせき込んでいる。

「大丈夫でございますか、ぼっちゃま」

「ん、げほっ、らい、じょぶ……ゲホッ……」

だが彼の顔は熱で真っ赤で、瞳は潤み、ぼうっと視線が定まっていない。誰が見ても病人だ。

唐沢は深いため息をつきながら、背後で肩を落として立っている朱里を振り返った。

「津田さん。医者を呼びますので、お手伝いをお願いしてもよろしいでしょうか」

「はい……」

朱里はうなだれつつ、唐沢と一緒に冬季哉の部屋を出て長い廊下を歩く。

「──あの、すみませんでした」

冬季哉が眠る部屋から少し離れたところで、朱里は謝罪の言葉を口にする。

「津田さんが謝ることはありませんよ。ぼっちゃまがまいた種ですから」

唐沢は昔と変わらず神経質そうな趣はあるが、朱里を責めるつもりはないらしい。

「でもやっぱり床で寝るなんて許しちゃいけなかったんです。すぐに音を上げると思ったのに、毎日床で寝て……昨晩も、ちょっと鼻声じゃないかって言ったんですけど、気のせいだって言い張って」

そう、最初はすぐにギブアップするだろうと思っていたのに、なんと冬季哉はあれからひと月近く、ずっと床で寝続けていた。

朱里がベッドの下に、大きな体の男が寝ているのに慣れ始めていた矢先、冬季哉は唐突に体調を崩してしまったのだ。

「頑固でございますからねぇ。明らかに熱が出ているのに、自分のベッドに戻らないと駄々をこねるので困ってしまいましたね」

唐沢が苦笑して肩をすくめる。

「ほんとに、もう……そうですね」

屋敷に戻った朱里が唐沢に呼ばれて部屋に行くと、冬季哉が『ベッドで寝ない』と駄々をこねているところだった。

朱里が『熱があるの?』と尋ねると『ない』の一点張りだ。

とりあえず床で寝ていては治るものも治らない。

半ば強引に、冬季哉を彼の部屋に移動させたが、冬季哉の風邪は自分のせいでもある。朱里は自ら看病を買って出たことで、ようやく冬季哉は自分の部屋で完治するまで療養することを決めたのだった。

「津田さんにはご負担かと思いますが、ぼっちゃまのお世話をお願いできますか」

「それは……はい。負担だなんてことはないので、なんでも言ってください。十年も前ですが、ここでお勤めしていたので、たいていのことはわかると思います」

リネン室や食堂などは何度も入っている。杠葉邸のルールも頭に入っていた。

「むしろお客様でいるほうが退屈で死にそうなので、働かせてもらえて嬉しいです」

それは朱里の本音だったが、唐沢はふふっと笑って「そうしていただけると冬季哉様も言うことを聞いてくださって助かりますね」と、茶目っ気たっぷりに微笑む。

そしてふと、思いついたように朱里を振り返った。

「でしたら、久しぶりにあれをお召しになりますか？」

「あれ……？」

朱里は首をかしげた。


往診に来た五十代半ばの医者は「お若いし体力もある。熱も数日ゆっくりしていれば引きますよ」と言って、唐沢が手配したハイヤーに乗り看護師と一緒に帰っていった。

（大事にならなくてよかった……）

とりあえずホッとした朱里は、林檎《りんご》やオレンジ、ヨーグルトなどを乗せた銀のトレイを持って、冬季哉の部屋のドアをノックする。

「朱里です」

「ん……」

ドアの内側から弱弱しい返事が返ってきた。ドアを開けて中に入り、冬季哉の枕元のサイドテーブルにトレイを置くと、冬季哉の顔を上から覗き込んだ。目を閉じた冬季哉は朝よりは多少顔色がマシだが、やはり病人の顔をしている。

「冬季哉くん、なにか食べられそう？　林檎すりおろしてあげようか？」

冬季哉が八歳の頃、風邪を引いた彼に林檎をすりおろしたものを食べさせた記憶がある。

「んー……」

冬季哉はかすれた声でうなずきながら、ぼんやりと目を開けると目の前にいる朱里を見て、何度かまばたきをした。

「朱里ちゃん……？」

「そうよ」

「夢？」

「夢じゃないわ」

朱里は苦笑して、軽く首をかしげつつエプロンの端を指でつまむ。

「冬季哉くんの看病をするなら、こっちのほうがいいんじゃないかって、唐沢さんが」

そう、朱里は十年ぶりに杠葉家に仕えるメイド服を支給されたのだ。

黒のロングワンピースの上に、フリルがついた白のロングエプロンを重ねたクラシカルメイドスタイルである。

十七歳のころは純粋に『メイド服ってかわいいなぁ』と思っていたが、二十八歳の今は、若干恥ずかしさもある。

「やっぱり、変？」

おそるおそる尋ねる。

「くぅ……つらい」

冬季哉は子犬のような声で軽く鳴き声を上げて、唇を噛みしめた。そして額にかかる前髪をかき上げながら、切なそうに朱里を見上げる。

「なんで俺、病気なんだろう。俺が元気なら、こうやって大人しく寝てないよ、それ……破壊力ありすぎだよ……はぁ～……つらい」

冬季哉は熱に潤んだ瞳で何度か『つらい』とつぶやきつつ、ちらりと期待に満ちた目で朱里を見上げた。

「でもさ……それって俺のためだよね」

俺のため、と言われて心臓が跳ねた。違うと口を開きかけたが「……そう、かも」と答えていた。

「かも？」

悪戯っぽく微笑む冬季哉に、朱里は降参する。

「ううん、ちょっと喜ぶかなって思った。本当に」

朱里自身、懐かしいと思う気持ちもあったが、なにより冬季哉が喜んでくれたら嬉しいと思ったのだ。

その瞬間、冬季哉は嬉しくてたまらないと言わんばかりに両手で顔を覆う。

「朱里ちゃんが俺のために……！　なにこれ熱が見せている幻覚じゃなくて現実なの!?　朱里ちゃんいったいなにをたくらんでるの！　いや、いい！　俺が持っているもの全部あげる！　騙されてもいいっ!!」

そうやって、はしゃいで大さわぎを始めた冬季哉に、朱里は照れ笑いを浮かべた。

「元気が出てきたみたいね」

朱里はクスクスと笑いながらベッドサイドに椅子を運び、腰を下ろす。

「りんご食べる？」

汗で貼りついた前髪をかき分け絞ったタオルで額をぬぐいながら尋ねると、冬季哉はぼーっとした表情のまま、小さくうなずいた。

「……うん。あ、うさぎにして」

「うさぎって……あぁ、昔もそうしたわね」

幼い冬季哉の看病をしたときに、少しでも食べ物に興味を持ってほしいと、うさぎりんごを作ってやったことを思い出す。

「そう……朱里ちゃんだけだよ、そんなことしてくれたの」

冬季哉は少し懐かしそうに目を細める。

「みんな俺が熱出すと騒ぐけど、それは祖母に叱られるのが面倒なだけでさ……俺のためになにかをしてやろうって人間なんて、いなかった」

「冬季哉くん……」

自嘲するように笑う冬季哉を見て、胸の奥がチクッと痛くなる。

朱里が過去なにげなくやったことを、十年経っても覚えている。

そのくらい彼にとって大事な思い出になっているのだと思うと、冬季哉という青年は恵まれているだけの男ではないのだ。

(同情なんて望んでないとは思うけど……せめていい思い出のままにしてあげたいな)

朱里はできるだけきれいなうさぎりんごを作って、皿の上に並べる。

「ほら、できた」

林檎にデザートフォークを突き刺して差し出すと、冬季哉が軽くうなずいてぱかっと口を開ける。

「あーん」

「自分で食べられるでしょう」

なにを甘えているのかと朱里が窘めると、冬季哉はすぐに反論してくる。

「食べられるけど甘えたいんだよっ……こんな機会二度とないかもしれないし。昔だってやってくれてただろ?」

冬季哉は頬を膨らませた後、少し顎を持ち上げる。

『ぼくがおくちをあけたら、おまえはぼくのおくちにパンプティングをいれるんだよ』

確か小さい頃の冬季哉は、そう朱里にねだっていた。

ぴよぴよと小鳥のように口を開ける冬季哉は、本当にかわいかった。

朱里は、体の小さい冬季哉が、熱ではぁはぁと息を荒らげ、苦しそうにするのがかわいそうで、少々のわがままは全部聞いてあげたかったのだ。

(でも当時八歳だったし。今は大人だし)

誰よりも強そうな今の冬季哉を甘やかしていいのだろうかと思いつつ彼を見下ろすと、冬季哉は熱に潤んだ瞳で、じいっと朱里を見つめてくる。体は大きくなったのに、アーモンド色の形のいい瞳はまったく変わっていない。無性にくすぐったい気持ちになった。

「もうっ……今日だけですからね」

朱里ははぁっとため息をついてフォークを冬季哉の口元に運ぶ。

「やった……!」

冬季哉はキラキラとした瞳で朱里を見つめ、林檎の先端にかじりつく。しゃくしゃくと咀嚼する音が響く。

「朱里ちゃんがむいてくれたりんご、すっごくおいしい」

冬季哉はひどく満足そうに目を細めた。

その表情の変化があまりにも魅力的に見えて、朱里の心臓がぴょんと跳ねる。

(やだもう……ドキドキする)

冬季哉は朱里と一緒にいるとき、いつも顔ばかり見てくる。今もそうだ。ベッドの中から熱に潤んだ瞳でこちらを穴が開きそうなくらい見つめてくるから、心まで丸裸にされるような気がする。

どんな顔をしていいかわからなくなった朱里は、少し早口で問いかける。

「えっと、その、ほかに欲しいものはある？　玉子がゆとか作ってこようか？」

とりあえず、なにか温かいものでも口にしたほうがいいのではと思っての発言だったのだが、それを聞いて冬季哉はうっすらと目を開けて唇の端をにやりと持ち上げる。

「そんなの、決まってるじゃん」

「なに？」

「朱里ちゃん」

「え？」

「朱里ちゃんが欲しい」

少しだけかすれた声でささやく冬季哉は、汗に濡れた額に前髪が貼りついて、発熱のせいもあってか、ひどく色っぽかった。

「ば、ばか、そんなこと言って、からかって……」

朱里が戸惑いながら視線を逸らそうとしたところで、朱里の手首が毛布の下から伸びた冬季哉につかまれる。

「からかってなんかないって、本当はわかってるだろ？」

「……それは」

「俺はこれからもずっと、朱里ちゃんだけだよ……こうやって朱里ちゃんさえ側にいてくれたら、ほかになんにもいらない……お願い、側にいて……」

「冬季哉くん……」

冬季哉の懇願《こんがん》は、冗談やからかいと言い切るにはあまりにも真に迫っていた。

抱けない女をいつまでも側に置かないだろうと、朱里は思っていた。

一時の激情であんなことになったのだろうと、思い込もうとしていたのだ。

だが本当は最初からわかっていた。

必死に予防線を張って『年が離れている』とか『身分が違いすぎる』とか。『いつか飽きるに決まっている』と決めつけて、冬季哉を拒んでいた。だが冬季哉は諦めなかった。

毎日床で寝ていても幸せそうだった。

ここまで思われたら、もう嘘はつけない。気持ちを誤魔化せそうにない。

「側にいるわ」

小さくうなずくと、冬季哉が驚いたようにかすかに目を見開く。朱里は椅子に座りなおして、大きく深呼吸すると、手首をつかんだ冬季哉の手を両手で包み込んだ。

「側にいる……冬季哉くんがもういいって言うまで、ずっと一緒にいる」

彼には確かに『まとも』ではないところがある。だがそれがなんだ。ただひたすら十一年、朱里を思い続け、そしてその気持ちをまっすぐに伝えてくれた。うじうじと思い悩む朱里に苛立つこともあっただろうに、気持ちが変わるのを待ち続けてくれた。

その思いに、きちんと応えたかったのだが——。

(は、恥ずかしぃ……)

こんなふうに異性に告白したのは、生まれて初めてだ。きっと最初で最後だろう。

胸の中がカーッと熱くなって、苦しい。頬がぴりぴりする。

とっさに手を引こうとしたところで、冬季哉の手がぎゅうっと朱里の手を握りしめた。

朱里はうつむいて逃げるように目を伏せる。

「それって……俺のこと、考えてくれるってこと?」

おそるおそる、冬季哉が尋ねる。

「うん」

「……俺のこと、好きになってくれたってこと?」

「う、うん……」

雰囲気でわかってほしいのに、言葉で確かめられるものだから、朱里の顔はどんどん赤く染まっていく。

「もう、いいでしょ?」

朱里は強引に手を引くと、両手で自分の頬を挟み唇を尖らせる。

「いいわけないでしょ！」

冬季哉はクワッと目を見開き、上半身を起こすと朱里の肩をつかんだ。

「きゃっ！」

悲鳴を上げた朱里に、冬季哉は顔を赤くしたまま迫る。

「嘘じゃないよね……えっ、夢？」

潤んだ瞳で詰め寄る冬季哉に、朱里はこくこくとうなずいた。

「夢じゃないよ。待たせてごめん」

人の心はうつろいゆくものだからと、言い訳をしていたけれど、彼に対するあたたかい気持ちは、間違いなく今にここにあるのだ。

「――朱里ちゃん」

冬季哉は唇を震わせながら、そのままこてん、と朱里の肩口に額を押し当てる。

「嬉しい……ありがとう。絶対に大事にするからね。結婚しようね」

「ふふっ……」

すぐに結婚しようという冬季哉の言葉がおかしいやら照れくさいやらで、朱里はつい笑ってしまった。冬季哉はちょっと唇を尖らせながら、ちらりと上目遣いで朱里を見つめる。

「あー……めちゃくちゃしたいのに、ぴくりともしない」

「え？」

意味がわからなくて首をかしげると、冬季哉は顔を上げてじいっと朱里の目を覗き込んだ。

「だから、熱のせいだと思うんだけど……勃たなくて……はぁ」

「たっ……!?」

いきなり出てきた卑猥な単語に、朱里はビクッと体を震わせた。

(今のは聞かなかったことにしよう)

朱里はすうはあと深呼吸を繰り返し、キリッと真面目な表情を作る。

「もう床で寝ちゃだめよ」

朱里が彼の額に手を当てると、彼は柔らかな笑顔で微笑んだ。

「ああ、一緒に寝るからそれはもうないよね」

「え？」

冬季哉の発言に、朱里の胸がギクッと縮み上がる。目をぱちぱちさせる朱里に向かって、冬季哉は瞳を輝かせる。

「その、恋人同士になったら、初めてをやり直したいって思ってたんだ」

「やりなおし、たい……」

「そうだよ」

あれから一ヵ月以上経つが、朱里の初めては車の中だった。土下座までして謝ってきた冬季哉のことを思い出すと、どうやらずっと気にしていたようだ。

だがこれまで一方的に抱かれていた朱里が、恋人として冬季哉と抱き合うことを想像すると、なんだか無性に恥ずかしい。どんな顔をしていいかわからない。

「──朱里ちゃん？」

途端に浮かない表情になった朱里を見て、冬季哉が不思議そうに顔を覗き込んでくる。ふわりと冬季哉の香りが漂ってきて、心臓がぎゅうっと苦しくなった。

「あっ、新しい飲み物、持ってくるね！」

朱里はサッとベッドから距離を取ると、冬季哉の顔を見ないまま逃げるように部屋を飛び出していた。

「はぁ……逃げちゃった」

冬季哉の部屋を飛び出した朱里は、廊下の途中で立ち止まって、柱にもたれかかる。ひんやりした柱の空気が、気持ちがいい。とにかく全身がカッカと熱くて、火でも吐けそうな気がする。

（やだ、どうしよう……やり直すって言われたら変に意識しちゃって……。私、中学生の女の子じゃないんだから……）

だが普通なら小中学生で済ませている初恋が、朱里は現在進行形なのである。中学生女子と同レベルだと思っても間違いないはずだ。

(こんなこと、さすがにおばあちゃんにも相談できないよ)

朱里がまた大きくため息をついたところで、声がした。

「朱里ちゃん」

驚いて振り返ると冬季哉がよろよろとした足取りで近づいてくる。部屋を飛び出した朱里を追いかけて来たらしい。

「寝てないとだめよ!」

朱里は慌てて彼のもとに駆け寄り、たくましい肩を支える。

「うん……」

冬季哉はひどく心配している朱里を見下ろし、安心させるように朱里の手を握り、指に力を込める。彼の手はとても熱かった。

「あのさ、さっき『初めてをやり直す』って言ったことだけど……もちろん俺は待つつもりだから」

「え?」

「絶対に無理に抱いたりしない。それは前に約束したのと同じだよ。だから安心して。俺は何年だって待つから。待つのには慣れてるし」

どうやら朱里が部屋を飛び出したことから、相変わらず抱かれるのを拒んでいると勘違いされているようだ。

(冬季哉くん、違う、違うのよ、そうじゃないの、ただ恥ずかしいだけなの……！)

だが朱里の喉は、羞恥のあまりきゅうっと詰まって相槌以上のことが言えなくなってしまった。

硬直したまま言葉を失っている朱里を見て、冬季哉はわかっていると言わんばかりに、優しく微笑む。

「じゃあ、寝るね。おやすみ朱里ちゃん。いずれにしろ、早く元気にならないとなんにもできないし……」

冬季哉は少しかすれた声でドキッとするようなことをささやくと、踵を返して部屋へと戻っていく。

(何年も待つって……えっ、本当に!?)

これまでずっと押されていた朱里は、急に冬季哉に背中を向けられて、どうしていいかわからず、その場に立ち尽くしたのだった。

第五章 「七夕の夜」

病み上がりのぼんやりした頭で、冬季哉は昼食をとるために大学内のカフェへと向かっていた。

七月になり、梅雨も終わる気配を見せている。スマホに流れるネットニュースでは『来週には梅雨が明けるのではないか』と書かれていたが、今日は朝からあいにくの雨だった。

(朱里ちゃん『おはようのぎゅー』と『おやすみのぎゅー』はさせてくれるのになぁ)

脳内で、今朝もあまり目を合わせてくれなかった朱里の姿が浮かんで、気分が落ち込む。

「はぁ……」

思わずため息が漏れる。カフェに入り、玉子のサンドイッチとホットコーヒーを注文して、窓際の空《あ》いているカウンター席に腰を下ろす。

「冬季哉くん〜！　探したんだから〜！」

頭にやかましく響く声に振り返ると同時に、髪をきれいに巻いた女子が隣に腰を下ろす。なにかと冬季哉に絡んでくる、大臣の娘だ。

「おはよ、ノゾミ」

当然のように距離を縮められてうんざりしたが、そんな顔は微塵も出さず冬季哉は微笑む。自宅に友人たちを招いたのは半ば彼女を諦めさせるのが目的でもあったのだが、あまり効果はなかったらしい。

冬季哉はコーヒーを口に運びながら、ピーチクパーチクとさえずっている彼女に、うんうんと相槌を打つ。だが脳内は朱里のことでいっぱいだ。

（朱里ちゃんに避けられている……よな？）

つい数日前、冬季哉は朱里から『ずっと側にいる』という告白を受けたはずなのだが、あれは夢だったのだろうか。

キヨの治療もうまくいっているしリフォームもあと少しで終わる。

父に任されていた事業も軌道に乗り始め、さらにだめ押しとして、学生起業家として会社を興《おこ》し新聞やマスコミの取材も積極的に受けるようにしていた。卒業までの二年といわず、一年で一族の望む成果は出せるはずだ。

あとは朱里との幸せな日々のために、そろそろ彼女の家族周りの問題を片付けねばならないが、これも問題はない。冬季哉の脳裏にはすでにいくつかのプランが出来上がっていて、どれが一番効果があるか計算している最中なのだ。

(朱里ちゃん、俺に隠れてあれこれ頑張っているみたいだけど、ごめんね。就職は諦めてもらうよ)

当然、朱里が内緒にしている秘密の就職活動も把握済みで、うまくいかないように裏で手を回している。

スマホでポチポチと部下たちに指示を送りながら、冬季哉の頭の中はまた朱里との『やり直しの夜』のことを考えていた。

(『初めてをやり直したい』って、あれがまずかったのかもしれない。待つって言ったけど信じてないのかも。変に意識させて避けられている気がする)

朱里はアラサー女子ではあるが、中身は中学生レベルにピュアなのだ。

今まで強引に抱いていたから、きっと身構えているのだろう。じれったいが、それは完全に身から出た錆《さび》である。

(ああ……俺の馬鹿……! いつまでも待つって気持ちは嘘じゃないけど、朱里ちゃんが側にいるのにそっけなくされたら普通に辛いんだよ!)

朱里にも正直に伝えたが、彼女に手錠をかけ三日三晩軟禁して抱きつぶしたことを悪いとは思っていない。だが自分が悪いと思っていなくても、朱里がいやだと思っているのなら、あれは悪手だったのだ。

自分以外の人間なんかどうでもいいが朱里は別だ。彼女に嫌われたら元も子もない。

（もう嫌がる君を強引に抱いたりしない。縛らない、手錠もかけない、目隠しもしない。だから俺に抱かれてよ、朱里ちゃん……はぁ、朱里ちゃん……）

サンドイッチをただ栄養補給のために口に押し込む。

「――ということで、いい？」

「うん、いいよ……って、えっ？」

我に返った冬季哉が顔を上げると、ノゾミは明るい表情でカフェを出ていくところだった。

「じゃあ招待状は改めて送るね！」

「招待状……？」

自分は今、いったいなにを受け入れたのだろう。

冬季哉は目をぱちくりさせつつ、ポツンとカフェに取り残されたのだった。

一方その頃、朱里は庭を箒《ほうき》で掃除しながら、ぼんやりと冬季哉のことを考えていた。

「はぁ……私って本当にダメダメだわ」

冬季哉のことを意識しすぎて、まともに顔が見られない。冬季哉が戸惑っているのがわかるが、彼は彼で朱里の気持ちを尊重してくれているのだろう。特に強引に迫られた記憶もない。そうやってしばらく真剣に箒を動かしていると、慌てたようにメイド服姿の若い女性が駆け寄ってきた。

「ああっ、お客様がそんなことなさらないでくださいっ！」

「ごめんなさい。でも……そのじっとしているのもヒマなんです。バイトにも行けないし。このくらいさせてください。冬季哉くんにも私から言っておくので」

「そうですか……。はい、わかりました」

メイド女性は少し困ったようにうなずいて、それから朱里をじっと見つめる。どこかそわそわしているが、瞳は好奇心でキラキラと輝いていた。

「なにか？」

朱里が首をかしげると、彼女は思いきったように顔を上げる。

「あの、津田さんはここで以前働いていたって本当ですか？」

「あ、はい。高校生の頃ですけど」

するとと彼女はパーッと瞳を輝かせて、目の前で両手を祈るように組み、朱里に迫ってきた。

「ということは津田さんは、ものすごいお嬢様ってわけじゃないんですよね？　むしろ普通の家の人ですよね？　それで冬季哉様と恋人になられるなんて本当にすごいですすっ」

「えっ……」

「年も離れているのに、庶民の津田さんが冬季哉様ほどの素敵な男性を射止めるなんて、本当に本当に、夢がありますよね～！　津田さんは我々の希望の星ですよ～！」

そしてメイド女性は「失礼しました～」と軽やかにその場を去っていった。

（希望の星……）

なんと大げさなと思ったが、他人から見たらそう思われるのも当然かもしれない。

年上で、庶民で、特に人より優れたものを持っているわけでもないのに、超名門である紅葉家の御曹司に求婚されているのだ。

（彼の気持ちはもう疑いようがないけど……私たちが釣り合わないのは事実だわ）

これから先、自分と冬季哉が一緒にいる限り一生言われ続けることなのだろう。

だからといって、もう冬季哉を愛する気持ちをなかったことにはできない。

彼を受け入れる。

自分の気持ちに素直になると決めたのだから。

（せめて自分を磨いて、冬季哉くんに迷惑をかけないようにしなくっちゃ……！）

アラサーの自分にどれほどのことができるかわからないが、やれるだけのことはやってみよう。

大学から帰ってきた冬季哉と夕食を共にする。ずっと忙しくしていた冬季哉だが、仕事も落ち着いたらしい。それもあって最近よく一緒に食事をするようになった。

今日の食事は和食だ。鱧《はも》の子と枝豆の寄せ、野菜のすり流しに、お造りと蓮根饅頭《れんこんまんじゅう》、豆ごはんが塗りのお盆にのせられている。杠葉邸には数人のシェフがいて日替わりで素晴らしい料理を作ってくれるのだ。

そのひとつひとつをおいしくいただきながら、テーブルの向こうの冬季哉を見つめると、彼はひと口も食べないまま、ゴゴゴゴ……と異様な雰囲気で苦悩している。

(なんだかすごい迫力だけど……)

朱里はごくりと息をのみ冬季哉を見つめる。

その眼差しに気がついたのだろう。彼はひどく申し訳なさそうに口を開いた。

「実は、七夕の夜にレストランを貸し切ったパーティーに招かれてるんだよね」

明治維新から政界にいる名門で、付き合いを断りづらい相手なのだと説明してくれる。

「それでね、そのパーティーはパートナー必須なんだよ。パートナーっていうのはね、妻だったり婚約者だったりするわけでさ。そういう相手がいない場合は、仕事関係からお願いしたりね……。まぁ、朱里ちゃんがこういう場に俺と出るのは厳しいってわかってるから、どうしようかなーって悩んでて……」

(妻だったり、婚約者だったりの、パートナー……)

冬季哉の言葉に、朱里の心臓がドキドキし始める。

自分にどれほどのことができるかわからないが、頑張ってみようと決意したばかりだ。勇気を振り絞るなら今しかない。

「行くわ」

思った以上に緊張していたのだろう。声は震えていた。だがその返事を聞いて、冬季哉がピシッと凍りつく。

「――えっ」

そしてこわごわと朱里の顔を見つめてきた。

「今、なんて？」

「だ、だから……そのパーティー、一緒に行きたいなって。もちろん冬季哉くんが迷惑じゃなければだけど……」

改めて尋ねられると、自分如きが――と思ってしまう朱里はぼそぼそと答えていた。

だが次の瞬間、冬季哉はガターンと椅子から立ち上がって叫ぶ。

「めっ、迷惑なんてあるわけないだろ！　嬉しいよ、えっ、本当!?　今更嘘だよって言っても駄目なんだからね！」

「嘘じゃないってば……」

朱里は呆れながら箸を置く。

そしてゆっくりと息を吐きながら冬季哉を見上げた。

「私で務まるかどうかはわからないけど……でも、冬季哉くんと一緒にいるためには、そんな経験の積み重ねが大事だと思うから。頑張らせてほしいなって」

「朱里ちゃん……！」

冬季哉は感極まったように震えつつ、テーブルを回り込んで朱里に近づくと、その場にいきなりひざまずいて朱里の膝の上に手をのせた。

「ありがとう、朱里ちゃん……すごく、すごーく嬉しいよ」

そういう冬季哉の瞳はキラキラと輝いていて、純真無垢だったあの頃の冬季哉を思い起こさせる。

「俺のため、杠葉の家のことを考えてくれているんだね？」

「うん……」

「ああ……夢みたいだ。朱里ちゃんが俺のために……朱里ちゃん、大好きだよ。本当にありがとう」

冬季哉はその美しい瞳を少し潤ませて、そのまま朱里の膝に頬をのせて目を閉じる。

「冬季哉くん……」

朱里はそうっと膝の上の冬季哉に手を伸ばし、髪を撫でる。冬季哉はまるで大きな猫のように気持ちよさそうにいつまでも目を細めていたのだった。

そして七夕の夜。朱里は冬季哉が選んだ漆黒のフィッシュテールドレスを身にまとい、都内の隠れ家的フレンチレストランにきていた。

もともと昭和の文豪の別宅として有名な建築物で、二十年ほど前からフランス帰りの有名シェフがレストランを始めたらしい。杠葉邸の別館がアールデコ様式なら、ここは合理主義に基づくモダニズム建築というらしく、コンクリートと鉄とガラスでできた白い箱のような建物である。

「もともとこのあたりは、将軍様の鷹狩りの休息所があった場所なんだよ」

「へぇ……」

朱里はパーティー会場である中庭に面したテラスを見回しながら、冬季哉の腕にかけた指に少しだけ力を込める。

（人が思ったより多い……）

親しい人間を集めての七夕パーティーということだったが、参加者は五十人程度いるのではないだろうか。

間接照明に照らされた真っ青な芝生の上には、白いクロスをかけたテーブルがずらりと並べられており『七夕』をイメージしたフードやデザートが置かれている。立食形式なので決められた席はないが、芝生のあちこちに椅子やソファーが置かれていて、各々がくつろいだ様子で談笑をしていた。

ここにいる自分以外の全員が、いわゆる富裕層の人間なのだろう。

「ねぇ、冬季哉くん。私、変じゃないよね……？　大丈夫だよね？」

なんだか浮いているような気がして、朱里は気が気ではなくなってしまった。

「変って……そんなわけないでしょ。見たことがない美女がいるって意味じゃ、男性陣の興味を引いているかもしれないけど」

人懐っこい笑顔を浮かべて、冬季哉はぱちんとウインクをする。

「もうっ……からかわないで」

嬉しいよりも恥ずかしい気持ちが勝って、朱里はうつむいてしまった。

確かに今日の朱里は、プロの手によって非常に美しく着飾られている。黒髪を美しく編み上げてもらい、耳元にはパールのイヤリングを飾った。ノースリーブのAラインドレスは、裾が後ろだけ長くなっており、シンプルだが品よくまとめられている。

（冬季哉くん、私を着飾らせるのに一番時間をかけるんだもの……）

おかげでこういった華やかな場に出ても、黙って立っていればそう見劣りはしない姿になれたと思う。とはいえ、皆が注目しているのが自分ではないことくらいわかる。

「みんな、冬季哉くんを見てるのよ」

たくましい体をブラックのダークスーツに包んだ冬季哉は、とにかく素晴らしく美しかった。緩いくせのある髪をフォーマル用に撫でつけて、美しい顔を隠すことなく前面に出している。自分に注がれる視線も当然のように受け止めて、まるで海外の王侯貴族のようだ。

だが冬季哉は薄く笑って、軽く目を細める。

「久しぶりに姿を見せたから、物珍しいだけだよ」

そして朱里の耳元に顔を近づけ、甘やかな声で物騒なことをささやいた。

「男たちは俺の隣にいる、最高に魅力的な君の裸を想像してるんだ。朱里ちゃんをそういう目で見ていいのは俺だけなのにね。ほんと、ここにいる男たち全員縊《くび》り殺してやりたい」

「も、もうっ……そんな怖いこと言わないで」

思わず冬季哉の胸を叩くと、彼はいたずらっ子のような笑顔になった。

「ごめん、ごめん」

こういう発言を聞くと朱里もさすがにドキッとする。

(冗談だよね……？)

これで二十歳だというのだから、末恐ろしい。今はギリシャ彫刻のような美しさが前面に出ているが、これから十年、二十年後はどんな男性に成長するのだろうか。

（その頃の私が、ちゃんと彼に釣り合える女性になっていたらいいけど……）

杠葉家次期当主の妻として、学ばなければならないことは山のようにあるはずだ。

そんなことを考えていると、冬季哉に壮年の男性が近づいてきた。

「冬季哉君、久しぶりだね。五年ぶりかな？　ヨーロッパ訪問ではお父上にたいへんお世話になったよ」

「チェコで開かれたフォーラムですね。あのときの大臣の民主化運動に寄せたスピーチは実に素晴らしいものでした。今でも覚えています」

「はは、ありがとう」

（えっ、大臣!?　そういえばテレビで見たことがある……！）

政治に疎くても、与党で外務大臣を長く務めている人物の顔くらいはわかる。

朱里は緊張でひっくり返りそうになりながら、それでもなんとかにこやかに笑みを浮かべた。

「ところで隣の美しい女性が、噂の君の恋人かな？」

――噂の恋人。

その単語にドキッとした。

「津田朱里と申します」

平静を装って大臣に会釈すると、彼は「よろしく」とにっこりとくったくのない笑みを

見せる。とはいえ、この笑顔が『本物』だとは思わないほうがいいだろう。彼は大臣に任命されるほどの政治家である。海千山千のしたたかな人物のはずだ。

「ぜひパーティーを楽しんでいってください」

大臣は当たり障りのないことを言うと、後ろに付き従っていた秘書らしき男性と一緒に、この場を立ち去った。

「はぁ……緊張した」

パーティーの主催者に挨拶をしたのだから、第一関門は突破したのではないだろうか。

ホッと胸を撫でおろしていると、冬季哉が腕時計に目を落とす。

「もう帰る？」

「えっ、今来たばっかりじゃない！」

「まぁそうだけど」

冬季哉は軽く唇を尖らせて、どこか気が進まないようだ。

「なにかあった？」

探るようにその端整な横顔に問いかける。

「いや。ただ特別にきれいな朱里ちゃんをこれ以上人目にさらしておきたくないっていう、男の身勝手なわがままだよ」

そう言って冬季哉は朱里のこめかみにキスをする。

「ひゃっ？」

突然の冬季哉の吐息の感触に朱里はビクッと体を震わせた。

「もうっ、ここは外だよ？」

「うんうん、そうだね」

まったく悪いと思っていなさそうな態度に朱里は呆れながらも、こうやって人前で堂々と自分を恋人として扱ってくれる冬季哉に、少しだけほっとしていたのだった。


それから一時間ほど経った頃だろうか。大臣の秘書が冬季哉に近づいてきて、折りたたんだメモ紙を差し出した。冬季哉はそれを受け取ってサッと目を通すと、胸元に押し込んで朱里を振り返る。

「ごめん、朱里ちゃん。ちょっと待っててもらってもいい？」

「うん」

「ここから動いちゃだめだよ。絶対にひとりにならないこと」

ものすごく真剣な表情だが、朱里も子供ではない。

「わかりました。ひとりにはなりません」

ゲストの出入りは多いようだが、テラスにはまだ何十人もの男女が談笑している。

「ごめんね。なるべく早く戻るから」

しっかりとうなずく朱里に冬季哉はそう言葉をかけて、待たせていた秘書とその場を離れて建物の中へと向かっていった。

(大臣に呼び出されるって、よっぽどよね……)

朱里は冬季哉を見送りながら、なにか飲み物でも飲もうとウェイターの姿を探して歩く。

「すみません、一杯いただけますか?」

ウェイターからグラスを受け取ろうとしているところで、背後から声をかけられた。

「朱里さん!?」

「え?」

振り返ると、ダークスーツ姿の男性が慌てたように近づいてくるのが見える。

「あ……水科くん」

朱里を呼び止めたのは成美の恋人である水科孝之だった。全体をネイビーカラーのスーツでまとめた孝之は、上品でいかにも良家の御曹司といった雰囲気である。

「どうしてここに?」

「父が後援会でお手伝いをしていてね……それで僕にも声がかかったんだ」

「ああ、そういうことなのね」

彼の父親は地元でも名家と評判の地主だ。孝之の言葉に朱里は小さくうなずいて、ちらりと彼の周囲を見回した。

（成美はいないみたい）

　孝之と一緒にいるところを見られたらまた騒がれてしまう。それは絶対に避けなければならない。朱里が周囲をさりげなく成美の姿を探していると、孝之が声をひそめつつ距離を近づけてきた。

「ところで君に、聞きたいことがあるんだ」

「聞きたいこと？」

　いったいなんだと首をかしげる。

「以前、君の実家で聞いたことだよ。ご両親に売られて……そして杠葉の御曹司が君を買ったんだって……」

　周囲を気遣って声を抑えていたが、それははっきりと朱里の耳に飛び込んできた。

「っ……」

　孝之の詰問に、朱里の喉がひゅうっと細くなる。

「やっぱり、本当だったのか……？　君がおばあさんと一緒にあの杠葉家に世話になっている理由、成美さんもご両親も、まったく知らないって言ってたけど、知らないなんてなおのことおかしいじゃないか……！」

　孝之は唇を噛みしめ、朱里の肩をつかみ顔を近づける。

「本当に君はあの杠葉冬季哉のものになったのか……？　そんなのおかしいだろ、人身売買なんて狂ってるよ……！」

「ちっ、違うわ。変なこと言わないでっ……」

なぜか冬季哉が朱里を買ったように事実が歪められていて、朱里は仰天してしまった。

孝之の腕を押さえて窘めるが、彼は不満そうに声を震わせる。

「でもっ……俺は君がひどい目にあってるの、我慢がならないんだ！　相手が杠葉だっていうんなら、なおさらだ！」

その声量があまりにも大きくて、朱里の鼓動はどんどん速まっていった。

パーティー会場は音楽が奏《かな》でられ、歓談の声も大きい。だが杠葉の名を人に聞かれないとは限らない。冬季哉の評判に傷をつけてしまうのが朱里はなによりも怖かった。

「それは誤解よ、そうじゃないのっ……」

「誤解？　どういうことか説明してくれ」

「説明って言われても……」

朱里が言葉を選んで唇を引き結ぶと、孝之は朱里に顔を近づけささやいた。

「わかったよ。静かなところで話そう」

そして朱里の返事を聞かないまま、腕をつかんで強引にぐいぐいと引っ張っていく。

「誰にも邪魔されないで話したいから、二階に行こう」

「えっ……？」

腕をつかむ孝之の手の力は強く、恐怖を感じた。彼の手を振り払いたい衝動に駆られるが、パーティーの会場で騒ぎ立てるわけにもいかない。

仕方なく孝之に連れられ、鉄とガラスの幾何学模様が施された扉をくぐり、吹き抜けから二階へと続く階段を上った。そして廊下の奥にある応接セットと、ガラスの一輪挿しが置いてあるだけのシンプルな部屋に押し込まれる。

「ここで話そう」

孝之が背中でドアを閉めながら低い声を放つ。

「――わかりました」

どこから説明したらいいのか悩ましいが、朱里の家の事情はともかく冬季哉の件だけは誤解を解いておくべきだろう。

朱里は何度か深呼吸を繰り返してから、孝之に向き合った。

「あのね、冬季哉くんのことだけど……彼は困っている私を助けてくれただけなのよ。命の恩人なの」

もし冬季哉に助けてもらわなかったら、今頃どうなっていたかわからない。

冬季哉はなにも悪くないのだとわかってほしくて、朱里は必死に言葉を紡ぐ。

「どういうこと……？　じゃあ君は売られたわけでもないってこと？」

「それは……」

朱里が両親に売られたのは事実だ。だがそんな両親と決別できたわけでもなく、未だに心の整理がついていない。もう家族はいらないなんて、言い切れない。

「それはその、私たち家族の問題だから……」

あの冬季哉だって聞かずに待ってくれているのだ。いくら妹の恋人でも、そこまでは踏み込んでほしくなかった。

だが孝之はそれを拒絶と取ったらしい、じれたように叫ぶ。

「だからっ！　僕はそれを知りたいんだよ！」

「えっ……？」

彼はなぜそんなに朱里の事情を知りたがるのだろう。

人身売買に対する正義感にかられているようには感じられない。

もしかしたら成美がなにかに巻き込まれているのではと心配しているのだろうか。近い将来、妹と結婚することを視野にいれているのかもしれない。

だったら言葉を選びつつも、聞いたほうがいいかもしれない。彼のためにも――。

「その……水科くんは、成美と結婚を考えてる？」

「結婚？」

唐突に思える朱里の問いかけに、一瞬孝之は虚を衝《つ》かれたような表情になる。

「だったら話しておいたほうがいいかもしれなくて……。もったいぶった言い方をしているように聞こえるかもしれないけど、結局決めるのは水科くんだから、成美への気持ちを聞いておきたかったの。ふたりの問題になってしまうから、今後のことを話し合ってほしくて」

孝之が成美を思っているのなら、ただ一方的に両親の話を聞かせて別れたほうがいいと言うのは酷な話だ。もし彼が成美を愛しているのなら、両親との付き合いを、成美と孝之のふたりで話し合って決めてほしい。

（ちょっとわかりづらかったかな……でもオークションの件は危険だからと冬季哉くんも言っていたし、話さないほうがいいよね……私が安全なのは、冬季哉くんと一緒にいるからだろうし）

朱里の説明を聞いて、孝之は黙り込んだ。ほんの少し、ふたりの間に沈黙の時が流れる。

「……わかったよ」

それからややあって、頭上から低い声が響いた。

ようやくわかってもらえたのかと、ホッとして顔を上げると同時に、朱里は手首をつかまれていた。

「やっぱりずっと成美に遠慮してたんだね？」

「あの……!?」

やっぱり、とはなんのことだ。確かに朱里は身内に対して、ずっと気を使って生きてきたが、孝之が言っているのはそういうことではない気がする。

朱里は困惑しつつ、つかまれた手首を引く。だが孝之の指はきつく手首に食い込んで離れそうにない。

「僕も……本当は君が好きだったんだ。ずっと、ずっと……君に恋をしていたんだ」

そういう孝之の目は爛々と輝いていた。目の前にいる朱里を見ているようで、見ていない。そんな気がする。

（え？　僕も好きって……は？）

成美と結婚する気があるかどうか尋ねているのに、なぜ彼は朱里を好きだと言っているのだ。そもそもこの会場に来てからずっと、孝之と微妙に話が噛み合わない。朱里の話を聞いているようで聞いていないような違和感があったが、いよいよわからなくなった。

「……困ります」

朱里はそう言うのが精いっぱいだった。そして目の前に迫ってくる孝之の顔から目を逸らしていた。

「あぁ、大丈夫だよ、安心して。僕は成美を愛してなんかいない。もちろん、かわいいとは思っていたけど……正直言って、君の代替品としてしか見ていなかったんだ。彼女だって僕の資産しか見てないから、お互い様だ」

自嘲するように唇の端を持ち上げた後、そして孝之はなぜかうっすらと頬をピンクに染める。

「やっぱり話してよかったなぁ～。これでわかった。君は家族間でトラブルがあって杠葉家に借りができてしまったんだ。だからあの男にいいようにされている。優しい君はあの男の言うことを聞くしかないんだろう。大丈夫だよ、僕がそれを清算するよ。君のためならそのくらいお安い御用だ！」

なんということだろう。彼の妹への気持ちを確かめたはずなのに、なぜか彼は朱里のことを好きだと言ってくる。

（だめ、全然話が通じない……！）

恐怖のあまり眩暈がした。それまで、孝之の口がなめらかに動くのを、ぼんやりと見つめることしかできなかった朱里は、ブンブンと首を横に振った。

「待って、水科くん。確かに冬季哉くんにトラブルを解決してもらったけど、借りとかじゃなくて、私は本当に冬季哉くんのことを……！」

「朱里さん、もういいんだよ。だってこれは僕たち『ふたり』の問題なんだろう？　君の問題は僕の問題なんだから、そう、僕はもう遠慮なんかしないから、君も……！」

孝之はそう叫ぶと、つかんでいた手首を引いて朱里に顔を近づけてきた。

「っ……!?」

キスされる――！

慌てて後ずさったが、そこには応接セットのソファーがあり、つまづいた朱里はそのままソファーの上に背後から倒れていた。

「きゃあっ！」

朱里は悲鳴を上げたが、間髪容れず孝之が上からのしかかってきて、朱里の両方の手首をしっかりとつかみ、ソファーに押さえつける。

「なっ……」

いきなり押し倒された朱里は半分パニックになりながら、なんとか振りほどこうと腕を動かす。だがビクともしない。

「朱里さん……朱里さんっ！」

もはやそこに温厚な紳士然とした孝之はいなかった。目は血走り、瞳孔は開いて獣のような目で朱里を見下ろしている。欲望に満ちた視線にさらされて、朱里の全身が恐怖で凍りついた。ぞぞぞ、と足元から冷たいものが駆け上がり体の震えが止まらなくなる。

「いやっ……やめてっ……放してっ……！」

朱里はいやいやと首を振りながら懇願したが、孝之はそのままぎらついた目で朱里の白い胸を見下ろし、ごくりとつばをのみ喉を鳴らした。

「いっ、いいじゃないか、僕は高校生のときから、ずっと、ずうっと君のことが好きだったんだよ!?　なのに君は俺の気持ちに気づかないふりをして、僕をじらして楽しんでたじゃないか！」

「えっ？」

寝耳に水の発言に、朱里は茫然とするしかない。

「ほんとに君は悪い女だよ……！　でも、でもっ、あの男に金でやらせてるんなら、ずっと好きだった僕にこそ、君を抱く権利はあるはずだ、そうだろう!?」

めちゃくちゃなことを叫びながら、孝之は朱里の口元を左手で覆うと、もう一方の手でドレスの胸元に手をかけて、思いきり引っ張り下げた。

「〜〜〜ッ!!」

ドレスから朱里の豊かで白い胸が零れ落ちる。朱里が上げた悲鳴は孝之の手で塞がれてしまった。

「ああっ、ずっとこうしたかったんだ……！」

孝之は目の色を変えたまま、朱里の胸元に顔をうずめる。

（いやあっ！）

乳房をグイグイとわしづかみされたあげく、蛭のように吸いつかれて、朱里の大きな目に涙の膜が張った。

（いや、痛い、やだっ、いや、やめて……！　気持ち悪い、やだやだやだっ！）

冬季哉以外の男に触れられるのが、こんなにもおぞましいものだなんて。

今更、ひとりになるなと冬季哉に念押しをされたことを思い出して、自分が情けなくなったが、今はそれどころではない。

朱里は全身を使って、なんとか孝之を自分の体の上から突き飛ばそうとした。

「はな、してっ……！　私、あなたなんか好きじゃないっ……！　勘違いしないで、やめてっ……！」

「ちょっ、暴れるなよっ……！」

「イヤッ！　離して……だれかっ、誰か助けてくださいっ……！　誰かーっ！」

ドアを閉めたとはいえ、もしかしたら近くに従業員がいるかもしれない。

朱里は必死に声を上げる。

「しっ、静かにしろ！」

抵抗する朱里に苛立った孝之は上半身を起こし、右手を振り上げ朱里の頬を思いきり平手打ちしていた。

パァンと破裂するような音が響いて、瞼の裏に火花が散り口の中に血の味が広がる。

朱里は悲鳴すら上げられなくなって、そのまま体を硬直させてしまった。

頬を打たれたのは生まれて初めてだった。

人は強い恐怖の前ではなにもできない。今すぐ突き飛ばして逃げたいのに、ショックで体が意思のない人形のように動かなくなってしまった。

孝之は肩で息をしながら、そんな朱里を獣の目で見下ろす。

「勘違いじゃないだろ？　僕たちは両思いなんだよ。だからっ、だからっ……、こうなるのは自然なことなんだ！」

それはまるで聞き分けの悪い子供に言い聞かせるような声色だった。

そしてねっとりとした視線でドレスの胸元を見下ろすと、そのままグイグイとウエストまで引きずり下ろしていく。

犯される――。

自分の体が、自分の意思とは関係なく凌辱されてしまう。

（いや、絶対に、いやっ……！）

朱里の大きな目から涙が溢れた。

冬季哉以外の男に抱かれるなんて死んでも嫌だった。

確かに冬季哉には強引に抱かれた。

いやだと言っても三日三晩、離してもらえなかったし恥ずかしい思いをたくさんさせられた。だが今感じているような、嫌悪や恐怖はなかった。

それはきっと、車の中で彼に初めて抱かれたときから、朱里が冬季哉に惹かれていたからだ。媚薬の効果があったにせよ冬季哉と肌を重ねることに恐怖はなく、ただ愛おしい懐かしさがあって、朱里はごく自然に本能から彼とそうなりたいと願ったのだ。

たとえあのとき、冬季哉と孝之の立場が入れ替わっていたとしても、朱里は絶対に受け入れなかっただろう。

(こんなの、いや……いや……!)

胸元を舐めまわす孝之の舌の感触と、ぴちゃぴちゃと響く水音は確かに自分のすぐ近くから聞こえる。

「あかりっ……僕の、ぼくの、ものだっ……」

ハァハァと息を荒らげる孝之の声を聞きたくなくて、顔を逸らす。

ふと、ローテーブルの上に照明を反射して光る、美しい一輪挿しが目に入った。

「あっ……」

朱里は助けを求めるように、赤い薔薇《ばら》が一本だけ刺さっているそれに、だらりとソファーから落ちていた左手を持ち上げていた。

(年寄りは自分勝手で、物わかりが悪くて困る)

冬季哉は軽くため息をつきながら、個室から足早に玄関フロアへと向かっていた。

秘書に『大事な用件がある』と呼び出された冬季哉だが、予測していたとおり彼の娘との縁談の話だった。娘から伝え聞いていて、なおかつここにパートナーとして連れてきた朱里を見てもこうである。

『恋人は愛人にでもすればいいじゃないか』とにこやかに言われて、危うく切れそうになった。

『彼女とは在学中に結婚するつもりでいるんです』

冬季哉の言葉に、大臣はひどく驚いて食い下がる。

『お父上は納得しているのか。うちと縁づいたほうが双方の発展に繋がるはずだ』

『杠葉家にしがらみは多くありますが、伴侶だけは自分の意思で決めていいことになっているんですよ。それでは彼女を待たせているので失礼します』

そう言って足早に部屋を出た、というわけだ。

大臣の、自分は『わかっている』と言わんばかりのくだらない指摘に心底腹が立った。そもそも親の説得などとうに済ませている。杠葉家は結果がすべてだ。一族が望む成果も出している。

(俺を思いどおりにしようなんて千年早いんだよ)

思い出すだけでいらつくが、それは心の中で抑え込んだ。とにかく今は、朱里だ。彼女をひとりにしておくのは不安で仕方ない。

今日の朱里は特別に美しく、誰もが彼女に目を奪われていた。他の男どもの目に触れるのが嫌だという思いもあるが、なんとなく悪い予感がぬぐえない。

(早く朱里ちゃんのところに戻らないと)

大臣から呼び出された個室は一階の一番奥だった。中庭に出ようと足早に廊下を曲がったところで、女性にぶつかりそうになる。

「失礼——って、君は」

長い髪を美しく結い上げ、淡いピンクベージュのミニドレスを身にまとった女性が壁にもたれながら、甘えるような表情でこちらを見つめていた。

「冬季哉さん、こんばんは」

津田成美はうふふと笑って体を起こし、それからまっすぐに冬季哉に近づいてくる。

「あそこまで言われたのにまだ声かけてくるんだ」

嫌味ではなく、純粋に感心した。一周まわって面白くなってきた冬季哉はふっと微笑む。

「そりゃ、あのときは傷つきましたよ。でも考えてみたら、あたしがブスだなんて嘘だもの。嘘に傷つくなんて時間の無駄だって思い直したんです」

態度も言葉遣いも大学内で会ったときとまるで違う。これが彼女の本性なのだろう。

「そう。で、どうしてここに?」

「冬季哉さんが来るって噂で聞いて、彼に頼んで連れて来てもらったの。孝之さんの身内が後援会にいるからその伝手よ」

そして成美はするりと冬季哉のスーツの腕を取りしがみついた。

「大臣の娘との縁談を断ったんでしょう？　そのくらい冬季哉さんがお姉ちゃんを気に入ってるのは、よーくわかったわ」

成美は自分の胸を押しつけながら、そうっと冬季哉のウエストに手のひらを滑らせた。

「でもあたしだって冬季哉さんが好き。あなたのモノになりたい。二番目でもいいって思ってるわ」

「二番目？　君が？」

「ええ。お姉ちゃんと半分血が繋がってるんだから、そこら辺の女よりはマシでしょ？」

上目遣いでささやきながら冬季哉に触れる指先が、徐々に下腹部へと移動していく。男の欲情を刺激する手管《てくだ》はご存じのようだ。

（すごい女だな。横入りできないとわかったら、とりあえず繋がることに作戦を変更したのか）

二番目でいいなんて嘘八百だ。そんな玉じゃないのはわかっている。いずれ時期を見て朱里を蹴落とそうと考えるに違いない。

（でも、どうしようかな。朱里ちゃんを守るためには、近くで見張っていたほうがいいかもしれない）

もちろん成美を抱く気は一ミリもないが、今ここで前回と同じように突き放したところで、余計なことを考える恐れがある。朱里に直接矛先が向くのは避けたい。

無言になり、考えるそぶりを見せた冬季哉の顔を見て成美が瞳を輝かせた。

パッと笑顔になって、そのまま念を押すように言葉を続ける。

「冬季哉さん、そうよ。お姉ちゃんひとりに決めなくたっていいじゃない！　人生は長いんだもの。どうせなら楽しんだもの勝ちよ。それにお姉ちゃんも今頃、孝之さんとうまくやってるだろうし！」

その言葉を聞いた瞬間、冬季哉の目から光が消えた。

「……は？」

その声はあまりにも低くて、小さく、成美の耳に届かなかった。口を滑らせたことに気づかないまま、成美はペラペラと言葉を続ける。

「冬季哉さんが言うとおり、あの人今でもお姉ちゃんに執着してたのよ。ムカついたけど、ちょっと背中を押してあげたらその気になったわ。あ、そうだ。なんなら四人で今から楽しんでもいいんじゃない？　あたし、すごくうまいって――キャアッ！」

成美は強い衝撃を受けて、壁を背中に打ちつけた後、床に這いつくばっていた。

「な、なんでっ……？」

しがみついた腕に張り倒された成美は、茫然と唇を震わせる。冬季哉にいきなり突き飛ばされて、きれいに結い上げていた髪はほどけて乱れ落ちていた。

「なんで、だと……本当にわからないのか？」

形のいい冬季哉の唇が歪む。後ろに撫でつけていた前髪がハラハラと落ちた。その奥から、切れ長の目が爛々と輝きを放つ。

いつもの柔らかな貴公子然とした雰囲気は消え失せ、冬季哉の放つ怒気に成美は気おされ息をのむ。

「あ……」

成美は冬季哉から放たれる殺気に慄《おのの》き体を強張らせた。そこでようやく、自分が冬季哉の地雷を踏んでしまったのだと気がついたらしい。

「で、でもあたし、絶対お姉ちゃんに負けてない……！　小さいときからずっとかわいいって言われてたんだから！　お姉ちゃんより劣ってるはずない！　こんなのおかしいわよっ！　絶対にあたしは間違ってないんだからっ！」

成美は悲鳴を上げるように叫ぶと、這うように立ち上がり、脱兎の勢いでこの場から逃げ出していた。

「クソッ……！」

あたし、あたしと、最初から最後まで、自分のことばかり。聞き苦しい、うるさい女だった。とはいえ成美を追うよりもやるべきことがある。

冬季哉は壁をこぶしで殴った後、胸元からスマホを取り出して唐沢に電話をかける。ワンコールもしないうちに唐沢が応答した。

「唐沢、朱里ちゃんは出てきた？」

『いえ。ＧＰＳも移動しておりません』

「わかった」

即座に通話を切り、あたりを見回して歩き始める。

朱里のスマホは古かったので、つい先日機種変更させたのだ。そのときにこっそり追跡機能がついたＧＰＳアプリを入れていた。

（やっといてよかった）

正式に婚約したら、安全のために生体マイクロチップを入れるつもりだったが、ＧＰＳがいきなり役立つ日が来るとは思わなかった。

（二階だな……！）

冬季哉は大理石の柱を回り込むようにして、二階へと続く螺旋階段を駆け上がる。

「朱里ちゃん……！」

二階の廊下には人の気配がない。冬季哉は朱里の名前を呼びながら手前からドアをひとつずつ開けていく。

「朱里ちゃん、どこ!?　朱里ちゃん……！」

耳を澄ませても返事はない。

（バッグごとスマホを捨てられたか？）

もしそうなら彼女はもう外に連れ出された可能性がある。焦る気持ちが込み上げてくるが、外に出るのは二階にある部屋をすべて確認してからだ。

冬季哉は勢いよく、廊下の最奥のドアノブに手をかけ勢いよく引く。

「朱里ちゃん……！」

そこにはようやく探し求めた愛しい恋人の姿があったのだが――。

「とき、やくん……どうしよう……」

床にペタンと座り込んだ朱里が、大きな目から涙を流しながら、冬季哉を見上げる。

「わ、わたし、人を……殺してしまった……」

彼女の横には、頭から血を流している孝之がうつ伏せに横たわっていたのだった。

指先にひっかかった花瓶をつかんで、無我夢中で、自分に覆いかぶさっている孝之の肩に打ちつけたつもりだった。そう、肩だ。もしくは背中。まかり間違っても頭を殴ろうなんて思っていなかった。一瞬たじろいでくれれば、逃げられる。そう思って力の限り、花瓶をつかんだ腕を振り下ろした。

だがこの左手に伝わった感触は、肩を殴ったというようなものではなかった。

花瓶を叩きつけられた孝之は『ウッ』と詰まるようなうめき声を上げて、朱里の上からソファーの下にずり落ちた。うつ伏せに倒れた彼はぴくりともせず、絨毯の上に血のシミがじわじわと広がっていく。

朱里は生まれてこの方、人に暴力などふるったことはない。だが『いけないことをした』と本能でわかった。

孝之は動かない。

私は人を殺したんだ。人殺しになってしまった。

「うん……わかった……。よくわかったから、まずは落ち着いて」

しどろもどろになりながら、自分がしでかしてしまったことを告白する朱里に宥めるように声をかけながら、冬季哉は背中でドアを閉める。

カチャリと音がしたが、鍵を閉めたのだろうか。よくわからない。

冬季哉は虚脱状態になっている朱里の前で、姫にかしずく騎士のように優雅にひざまずいた。

「朱里ちゃん、手を離そうね」

花瓶に貼りついた朱里の指を一本ずつ外しながら、冬季哉は優しい声でささやく。

固まっていた指がすべて外されると、今度は全身がガタガタと震え始める。気がつけば全身にびっしょりと汗をかいていた。

視線を下ろすと、カーペットの上に血液が広がっているのが見える。

心臓がぎゅうっと締めつけられるように痛くなって、朱里は思わず自分の体を抱きしめていた。

「朱里ちゃん、これ着て」

冬季哉は自分が来ていたスーツの上着を脱いで、朱里の肩に羽織らせる。その瞬間、ふわりと彼が使っている上品な香水の香りがして、ほんの少しだけ恐怖が薄れた気がした。

「さてと」

冬季哉は落ち着いた様子で、床に倒れたままの孝之の腕を取り手首に触れる。

脈を診ていると気がついたのは、冬季哉がすうっと目を細め、苛立ったような表情を浮かべたからだ。

彼は無言のまま、孝之の腕を床に乱雑に放り投げると、今度は上着の胸元に入れていたハンカチーフを取り出し、花瓶を包み込んで丁寧に拭き始める。

「え……？」

一瞬、冬季哉のやっていることの意味がわからなかった。朱里が触れた痕跡を消そうとしているように見えるが、勘違いだろうか。

「あ、あっ……」

なにか言わなくてはと思うが、言葉が喉に貼りついてうまくしゃべれない。

朱里の視線を受けて、冬季哉は顔を上げてまるで薔薇が咲くかのように微笑んだ。

「大丈夫だよ」

いったいなにが大丈夫なのだろう。

自分は人を殺したのに、大丈夫なわけがない。

自首しなければ。早く警察を呼ばなければ。

朱里は花瓶を無言で拭き続ける冬季哉から目を逸らし、ギクシャクしながら床に落ちていた自分のバッグを拾い、スマホを取り出した。

「えっと、警察……」

警察の番号はなんだったか。

いや警察の前に救急車だろうか。単純な三桁の番号が思い出せない。

「えっと……」

そうだ一一〇番だ。そうだった。

朱里が震える指で数字をタップしようとしたところで、冬季哉がスマホを取り上げてしまった。

「連絡するのは警察じゃないよ」

「え、だって……」

「ちょっと待ってね」

冬季哉は自分のスマホを取り出すと、にこやかな表情のままコールし始める。

それから十五分程度待っただろうか。突然ドアがノックされた。

「ぼっちゃま」

ドアを挟んだ向こうから聞こえるのは、忠実たる唐沢の声だ。

「今開ける」

冬季哉が立ち上がってドアの鍵を開けると、唐沢とダークスーツの男が数人、音も立てずに入ってきた。

(うちの実家に来た人たち……？)

荷物を運び出すときにいた人たちと雰囲気がよく似ているような気がする。だがショックで茫然自失になっているせいか、彼らの顔が判別できない。

ただ全員ひどく落ち着いていて、なにかしらのプロフェッショナルであろう雰囲気があった。

彼らは無言で床に横たわった孝之を取り囲み、横たわった彼の姿が朱里からは見えなくなった。

「さ、俺たちは帰ろうか」

冬季哉は朱里の体をお姫様抱っこで、軽々と抱き上げる。

「か、帰る!?」

なにを言っているのかと冬季哉の顔を見つめる。

「だめよ、そんなの、だって私が――!」

「朱里ちゃん、あのね。彼、死んでないから」

そこで冬季哉がにっこりと微笑む。

「……え?」

「生きてるよ。本当」

「で、でも、いっぱい血が、でて……」

「頭はちょっと切っただけでも、ものすごく血が出るんだよ。息もしてるし、脈もあった。死んでない」

「ほ、本当……? だったら、病院に」

「もちろん、今からうちの病院に運ぶから安心して。大丈夫、絶対に死なせないよ。朱里ちゃんはなんにも悪くないんだからね」

そして冬季哉は朱里を抱いたまま、「あとは頼む」と唐沢に向かって低い声で告げた。

ドアの前には侵入者を阻むように屈強な男がふたり仁王立ちしていたが、冬季哉は一瞥《いちべつ》もくれずに朱里を抱いたまま、部屋を出て一階へ下りてゆく。

(誰かに見つかったら……騒がれるんじゃ……)

上着を着せてもらったとはいえ、朱里は一目で尋常ではないとわかる格好になっていた。結った髪は乱れてぼさぼさだし、ドレスは肩からずり落ちている。

（どうしよう……どうしよう）

息がうまく吸えない。呼吸が難しい。

「はっ、はぁっ」

朱里がガタガタと震えていると、冬季哉が朱里の額に唇を押しつけながらささやく。

「朱里ちゃん、聴こえる？」

「――え？」

彼の声に耳を澄ませる。すると、パーティーが行われているテラスから、生バンドのジャズ演奏の音色が聞こえてきた。

『紅葉冬季哉様から粋なプレゼントです。どうぞ皆様、素敵な七夕の夜をお過ごしください！』

なんとアナウンスとともに花火まで打ち上げられているではないか。夜空に打ちあがる色とりどりの花火に、わぁ、という歓声とともに、ゲストの視線は上空へと向けられた。

「ほら、みんなあっちに夢中だよ」

冬季哉の言うとおりだ。バンドの演奏に耳を傾けながら花火を楽しむ人々が、二階から下りてきた冬季哉と朱里に気づくことはなかった。

（すごいタイミング……）

茫然と打ちあがる花火を見ている朱里をよそに、冬季哉は顔色ひとつ変えることなく、レストランの前に止まっている黒塗りの車に朱里を抱いたまま乗り込む。

「そういえば、こうやって朱里ちゃんをお姫様抱っこして運ぶの、二度目だね」

こんな状況にもかかわらず、冬季哉は誰もが見とれるような美しい笑顔でにっこりと微笑んだのだった。


だが杠葉邸に戻っても、朱里は自分の意思で動けなかった。

いくら大丈夫と言われても、自分が孝之を傷つけたのは事実なのだから、あの場から逃げてはいけなかったのではないか、と考えてしまう。

そんな堂々巡りの朱里を、冬季哉はかいがいしく世話をしてくれた。

朱里の服を脱がせ、一緒にお風呂に入り、朱里の髪や体をスポンジで丁寧に洗ってくれた。風呂上がりには、ベッドの上でシルクのキャミソールと下着を身に着けた朱里の体に、甘い香りのボディークリームを手のひらで伸ばしていく。

そうやって大事な宝物のように扱ってもらうことで、朱里も少しずつ落ち着きを取り戻すことができた。

「――冬季哉くん。私、やっぱり今から警察に行きたい……」

そう彼に言えたのは、時計の針が深夜を回った頃だった。その瞬間、体を強張らせた冬季哉に気づかないふりをして、朱里は言葉を続ける。

「私、あの場から離れちゃいけなかった。水科くんが生きていても、花瓶で殴ったのは私だから、ちゃんと自首しなきゃいけないと思う」

そうはっきりと口にした瞬間、ようやく朱里は息ができるようになった気がした。

何度か深呼吸を繰り返しながら、Tシャツにスウェットパンツ姿の冬季哉に詰め寄る。

だが冬季哉はそんな朱里の告白を聞いて、少し困ったように肩をすくめる。

「でも、そうしたら捕まるのは彼のほうだと思うけど」

「え……？」

朱里が首をかしげると、冬季哉はさらに言葉を続ける。

「そもそも朱里ちゃん、あの男に襲われたんでしょう？　あいつが引きちぎったドレスには指紋が残っているし、頬だってまだ腫れてる。裁判になれば過剰防衛と言われる可能性もあるけど、俺は朱里ちゃんに日本一の弁護士をつけるからね。ほぼ間違いなく正当防衛として認められると思うよ。結果、襲ったアイツの罪が明らかになるだけだ」

そして冬季哉は、くしゃりとくせっ毛をかき上げながら、軽く目を細める。

「なにより朱里ちゃんが自首するなら、関係者全員が社会的に抹殺されることになると思うな」

「……え？」

「水科さんが捕まったりしたら妹さん困るんじゃない？」

「あっ……」

冬季哉の言葉に、朱里は言葉を失った。

自分の犯した罪を償うために朱里が自首をすれば、孝之の行為が明らかになり当然罪に問われることになる。孝之の恋人である成美は朱里の妹だ。三人の関係性を面白おかしく噂されるだろう。

そのうえ反社会的組織に娘を売ったことまで明らかになったら、成美も両親も冬季哉の言うとおり、社会的に抹殺されたも同然となる。

「そうしたいって言うなら手伝うけど……朱里ちゃんはそれを望んでるの？」

冬季哉の声はいたって平坦で、淡々としたものだった。

だがそれが余計、朱里の恐怖を煽った。

冬季哉はやると言ったらやる男だ。それは嫌というほどわかっている。

（社会的に、抹殺……）

非常に悲しいことだが、両親も成美も、もう家族ではない。彼らにとって自分は都合のいい駒でしかなかった。愛されていない。必要とされていない。わかりきっている。

（だったら……私は……私は、どうしたいの……？）

朱里は言葉を失ったまま、冬季哉の反応をうかがう。

だが彼はそれ以上なにも言わないまま、ただ静かに朱里の返事を待っている。

（ああ、そうなんだ。自分で決めなくちゃいけないんだ……これは私の問題なんだもの）

朱里はぎゅうっとこぶしを握りしめる。

「私は……私はっ……」

震える声を絞り出し、冬季哉をまっすぐに見つめた。

「私は、そんなの、望んでないわ……。たしかに、愛されていなかったけど、不幸になってほしいなんて、思わない……家族、だったんだから……」

そう言いきった瞬間、突然涙が溢れた。熱い涙がぶわっと溢れ出して、止まらなくなった。

「ごめんなさい……呆れるよね……？」

涙声になりながら、両手で顔を覆う。

そう、家族だった。彼らと家族として過ごした期間があったと思うと、どうしても非情になり切れない。臆病だと、甘いと言われるような気がして、朱里はいっぱいいっぱいになってしまった。

「朱里ちゃん……」

ヒックヒックとしゃくりあげる朱里を見て、冬季哉は両腕を伸ばし、朱里を抱き寄せる。

「呆れたりなんかしないよ。うん、わかった。朱里ちゃんは本当に優しい人だね。俺と全然違う……本当に優しい人だ」

繰り返し優しいと言われて、また涙が溢れてしまう。

「ちが、ううっ……違うよ、そんなんじゃ……」

自分が優しい人間だなんてとても思えない。

人に大怪我をさせておいて、好きな人に抱きしめられてホッとしている。安全圏にいることに安堵しているような、ズルくて弱くて、駄目な人間だ。

「私、弱いよっ……失うことが怖くて、捨てきれなくて、思いきれなくて……うぅ……あぁっ……」

朱里は嗚咽をかみ殺しながら、無我夢中で冬季哉の背中に腕を回した。八歳も年上なのに、冬季哉の前では彼の庇護に安堵する幼い子供のようになってしまう。

冬季哉は朱里の肩や背中を手のひらで撫でながら優しくささやく。

「朱里ちゃんの気持ちはわかった。でもね、朱里ちゃんが世界一の悪人になったとしても、俺だけはなにがあっても味方だよ。それが家族ってもんじゃないの？　だから――あんな人たちのことはもう忘れて、俺を選んでよ。俺の家族になってほしい」

それはどんな愛の言葉よりも重く、そして朱里が幼い頃からずっと欲しくてたまらない言葉だった。頬を流れる涙を指でぬぐいながら、冬季哉が顔を近づける。

「……キスしてもいい？」

そう尋ねる冬季哉の瞳は欲望に濡れていた。

思い起こせば、あれほど激しく抱き合ってから、一ヵ月以上抱き合っていない。彼は朱里がその気になるのをただひたすら待っているのだ。

(私、変に意識して彼のことを避けてしまっていたのに……冬季哉くんは、辛抱強く待っていてくれた)

これほど朱里を思ってくれる人など、今後二度と現れないだろう。

「抱いて……」

朱里は気持ちの赴くまま、半ば衝動的にそうつぶやいていた。

「え？」

冬季哉が驚いたように目を見開く。その反応に、いつもの朱里なら『やっぱり今のは嘘』だと反射的に誤魔化していただろう。だがもう朱里は引かなかった。

「あんなことがあったから、冬季哉くんはいやかもしれないけど……私のこと抱いてほしいの……このまま眠りたくないから……だめ？」

孝之に襲われたまま今日を終えたくない。愛する人に抱かれて夢を見たい。

朱里は恥じ入りながらも、冬季哉の胸にそうっと手のひらを乗せた。

「――だめなわけないでしょ」

冬季哉はかすれた声でささやきながら、朱里の手をつかみ、口元に引き寄せて指の先に口づける。

「君を抱きたい。うんと優しくしてあげたい……とろとろに甘やかして、ぐずぐずになるまで愛してあげる」

「冬季哉くん……」

吸い寄せられるようにふたりの顔が近づく。冬季哉は夜空に輝く星のような美しい瞳で朱里を見つめながら、朱里の体をシーツの上に押し倒していた。


朱里が身に着けていたコットンのネグリジェを脱がし、下着を丁寧に外したあと、冬季哉は朱里の背後に回って、自分の足の間に朱里を抱き込んだ。後ろから両手で朱里のバストを持ち上げ、甘い声でささやく。

「俺、朱里ちゃんのおっぱい大好き。すっごくおっきくてふわふわで……超興奮する」

「も、もうっ……」

「ほんとだよ。大好き」

そして冬季哉は、両手で朱里の胸をもみしだきながら、ちゅ、ちゅっと首筋にキスを落とす。

(好きって言ってもらえて、嬉しいな……)

朱里は自分の大きな胸があまり好きではなかったが、こうやって何度も『好き』と言われると、これでよかったんだと自分を認められる気がした。

朱里は冬季哉から与えられる愛撫に身を任せながら、目を閉じる。

ちなみに冬季哉の大きな手のひらをもってしても、朱里の胸は支えきれない。爪の先まできれいに整えられた指が朱里の白い胸に沈み込み、ゆっくりと動く。それから冬季哉の指は、朱里の胸の先端にたどり着き、悪戯《いたずら》をするようにくすぐり始めた。

背筋がぞわぞわと粟立つが、不快ではない。寄せては返す波のような快感が全身を包み込む。

「あ……くすぐったいよ……」

思わず朱里が身じろぎすると、

「くすぐったいだけじゃないでしょ？　もう尖ってきてる……かわいいな」

冬季哉はふふっと笑いながら、爪の先で弾くように乳首を跳ね上げた。

「あんっ……」

その瞬間、腹の奥に甘いしびれが走って、思わず膝を引き寄せる。冬季哉はまた猫のように目を細めて朱里の耳たぶに顔を近づけた。

「ちょっと触られただけでこんなに感じちゃうなんて、朱里ちゃんはすごくいやらしいんだね」

「ち、違うよ……ただ、反射でこうなってるだけだから……」

「反射？　そうなんだ」

冬季哉はふふっと笑って、親指と人差し指で左の胸の先をゆっくりとこねながら、右手を朱里の淡い茂みの中に、滑り込ませていた。

「ん、あっ……！」

「胸が反射でこうなってるなら、こっちで気持ちよくしてあげないと」

冬季哉の指が花弁をかき分けて、蜜口へとたどり着く。

「あれ……？　もうすっごくぬるぬるなんだけど」

入り口の様子を確かめるように中指の先が動いて、朱里の体がびくんと跳ねた。

「ッ……」

そう、冬季哉の言うとおり、朱里のそこはもうしとどに濡れていた。冬季哉の指を腹の奥がきゅうきゅうと締めつけて、甘い痛みが走る。こうやっているだけで、とろとろと蜜が溢れてくるのが自分でもわかる。

「あ……」

入り口をくすぐるよりも、もっと強い刺激が欲しい。思わず冬季哉の右腕にしがみつく。

「いいよ、入れてあげる」

中指が差し込まれると同時に、朱里の耳の中に冬季哉の舌が侵入してきた。

「ひぁっ……！」

その瞬間、全身にぞぞぞ、と快感の波が広がっていく。朱里は小さく悲鳴を上げた。

「とろとろだね。これだと一本じゃ物足りないね？」

「あ、待って、あんっ……あ、あ、あんっ、あっ」

だが、待てと言って素直に待ってくれる冬季哉ではない。

秘部を出入りする冬季哉の指は、ほっそりしているが的確に朱里の弱いところを責める。さらに朱里の耳たぶを唇で食み、時折歯《は》を立てながら指を増やしていった。

蜜口が広がる感覚に、朱里はビクビクと体を震わせ膝を引き寄せる。だがそんなことで快感を逸らすことはできなかった。頭の中に、ぴちゃぴちゃと水音が響いて、まるで体全体が口の中で、キャンディのように転がされているようだ。

「は、あっ、あんっ……！」

快感が足元から駆け上がってくる。気持ちがいい。ずっとこうやっていたい。

朱里は腰を揺らしながら、快感を追いかける。

そんな淫らに乱れる朱里を見て、胸の先を指の腹でつぶしながら冬季哉が問いかけた。

「朱里ちゃん、これでもまだ反射だって言うの？　違うよね」

「あ、あっ、んっ、……」

「朱里ちゃんは、ほんとはすごくえっちな女の子なんだよ」

その瞬間、胸と耳、そして蜜壷へ与えられる快感が、目の前でパチッと弾けた気がした。

「～～ッ！」

「軽くいっちゃったね。ナカ締まってる」

冬季哉はふふっと満足そうに笑うと、蜜口に挿入していた指をそうっと抜いた。

「ね、チューしよ」

朱里の顎先を持ち上げて、上から覆いかぶさるようにキスをする。

「んっ……はぁっ……」

冬季哉に唾液を注ぎ込まれながら、朱里は必死に舌を動かす。

キスをしていると、またゾクゾクと全身が痺れていく。

女の体に快感の果てはあるのだろうか。そんなことを思いながら唇を外すと、ふたりの間につうっと銀色の糸が繋がり、ぷつりと切れた。

「どう、朱里ちゃん。自分がえっちなの、理解した？」

朱里ははぁはぁと肩で息をしながら、こちらを見下ろす冬季哉の顔を見上げた。

普段は貴公子然とした冬季哉だが、月の光の中、彼の瞳は爛々と輝いている。

口では余裕ぶっているように見えなくもないが、彼が自分を欲しがっているのが眼差しから、伝わってくるようだ。

（意地悪言っても、優しいんだ……）

彼が身に着けているボクサーパンツを見ると、内側から冬季哉の肉棒がはっきりと浮かび上がっている。先端からは先走りが溢れているのだろう、色が濃く変わっていた。

そう、彼はいつでも朱里に気を配っている。強引に抱くことだってできるのに、孝之に犯されそうになった今日はそんなことはしない。

ただ朱里が素直に彼を求めるまで、待ってくれているのだ。

——好きだな。

朱里の胸はぎゅうっと締めつけられる。

この人を愛したい。大事にしたい。ただ愛されるだけでなく、側にいて支えられるように。彼の気持ちをすべて呑み込んで、全部、受け止めたい。

「冬季哉くん限定だよ」

朱里は冬季哉を見上げながらゆっくりと口を開く。

「え？」

冬季哉が一瞬、虚を衝かれたように目を見開いた。

「だから……冬季哉くんだから、私、えっちになるみたい。ほかの人じゃだめなの……」

「〰〰〰ッ！」

朱里の念押しを聞いて、冬季哉がポポポと顔を赤くして硬直した。月明かりでもはっきりとわかるくらい、全身が真っ赤だ。

「も、もうっ、朱里ちゃんっ……俺を萌え殺す気ッ!?」

「燃え？」

「いや、ファイヤーじゃないよ……もう」

きょとんとした朱里の頬を両手で包んで、冬季哉は苦笑しつつも顔を近づける。

「たくさん愛させて、朱里ちゃん……」

そして朱里の唇にキスを落とした。

「――じゃあ、入れるね」

「うん……」

こくりとうなずくと、冬季哉は朱里の両足を開いて、屹立の先端を秘部に押し当てる。

「あっ……」

花弁をかき分け、花芽をこすり上げる感触に朱里は体を震わせる。お互いの体から溢れた蜜がぬちぬちと粘着質な音を立てた。

「こうやってこすりあっていると、気持ちいいね……」

朱里の顔の横に手をついた冬季哉が、ふわふわとした笑顔で微笑む。

「ん……きもち、いい……」

こくりとうなずくと、冬季哉がまたホッとしたように目を細めた。そして彼はそのまま、ゆっくりと朱里の蜜壷の中に彼自身を沈めていく。

「あぁ……っ……」

蜜壺をかき分けられる感覚に、ぞぞぞ、と全身が快感に粟立って、朱里は息をのむ。朱里の中にみっちり冬季哉の熱いモノが収められて、ドクン、ドクンと脈打っているのがわかる。

「朱里ちゃん、大好き……」

冬季哉は軽く息を吐くと、甘い声でささやきながら、ゆっくりと腰を揺らし始めた。

ギリギリまで引き抜いて、奥まで押し込む。単純な動きだがそれが気持ちいい。

「あ、んっ、んっ……」

とん、とん、と最奥を突かれるたび、朱里の喉から甘い悲鳴が漏れて、冬季哉は朱里の頬や額に、ちゅ、ちゅ、と小鳥のようにキスを落とす。

「朱里ちゃん、かわい……すっごい、かわいいっ……」

冬季哉は蕩けるような甘い声で、腰を振り続ける。すでに蕩けきった朱里の体は、徐々に快楽の階段を駆け上がっていた。

「は、んっ、あ、あっ……」

「ナカ、きつくなってきた……もうイクの？」

「うぅ……っ……」

いやいやと首を振ると、冬季哉は朱里の頭を抱えるように抱いて、耳元でささやいた。

「いいよ、ほら、イって」

そして冬季哉は、ガツンと朱里に腰を打ちつける。

「〰〰ッ！」

最奥を突かれて、目のまえに小さな火花が散った。のけぞる朱里の首筋に、冬季哉は唇を押しつけて強く吸い上げる。

「ひあっ……」

ピリリとした痛みと、体を突き抜ける快感が同時に朱里の全身を包み込んだ。

「あ、ああっ、んあっ！　あ、ああっ、やっ……！」

ぱちゅ、ぱちゅ、と溢れる蜜の粘着音と、ふたりの肌がぶつかる音が連続で響く。全身をぴん、と強張らせた朱里がぎゅうっとシーツをつかむと、冬季哉は朱里の奥に切っ先を押し込んだまま、軽く息を吐く。

「はぁ……朱里ちゃん、上手にイケたね」

冬季哉はそう言って、汗で貼りついた髪をかき上げる。こちらを見下ろす彼の目は、慈しみに満ちていた。

「──冬季哉くんは……まだだよね」

「まだだけど……朱里ちゃんは大丈夫？　もう少し休んでも……」

どこまでもこちらを気遣ってくれる気持ちは嬉しいが、朱里はゆっくりと首を振った。

「もう、そんな気を使わないで。前はあんなにめちゃくちゃにしてきたのに」

三日三晩、彼に抱かれたあのときのことをほのめかすと、冬季哉はちょっと恥ずかしそうにうつむいてしまった。

「あれは……俺が悪かったから……あんまり言わないでよ」

「ふふっ」

朱里は息を整えながら彼の首に腕を回す。

「もう、あのときとは違うから……冬季哉くんの好きにしていいんだよ？」

「っ……」

その瞬間、冬季哉の体がひとまわりぶわっと大きくなった気がした。

「──いいの？」

「いいよ──って、きゃあっ！」

こくりとうなずくと同時に、冬季哉は上半身を起こし朱里の両足首をつかんで上に持ち上げると、大きく左右に広げたまま、腰を打ちつけた。

「あっ、朱里ちゃんっ……朱里ちゃん！」

冬季哉はそれまでの落ち着いた様子とは打って変わって、激しかった。朱里の中の形が変わってしまうくらい、突き上げ、こすり、腰を回しながら朱里の中をえぐっていく。

「ん、あうっ、ひんっ……！」

両足を持ち上げられて朱里は身動きが取れない。ただ一方的に快楽を与えられるだけだ。だが全然嫌な気分にはならなかった。彼を愛しているから、気持ちよさそうにしてもらえているだけで、本当に嬉しかった。

大きな波のうねりのように快楽が押し寄せてくる。朱里はシーツをつかんでいた手を放し、冬季哉へと伸ばしていた。

「冬季哉くん、ぎゅってしてっ……！」

「うんッ……」

冬季哉は切なそうにうなずき、朱里の両足を自身の肩にかけると、体を倒してぎゅうぎゅうと朱里の体を抱きしめながら、腰を打ちつける。

「ん、あんっ、はぁっ、あっ、ときや、くんっ……」

今度はただひたすら、奥をえぐられて体が揺さぶられる。腹の裏を突き上げられて、ずっと全身がぞくぞくと震えて止まらない。

「朱里ちゃん、すき、大好きだよっ……」

冬季哉は蕩けるような声でささやくと、そのまま覆いかぶさるように朱里の唇を塞いだ。

「ん、んッ」

技巧もへったくれもない突き上げと、むさぼるようなキス。朱里は無我夢中で冬季哉の首に回した腕を引き寄せて、ぎゅっと目を閉じる。

「ン、あっ、イク、イッちゃうっ……！」

目の前が真っ白になって、空に放り出される感覚が全身を包み込む。

「あ、俺も、俺もっ、い、くッ……！」

冬季哉が体を強張らせて、肉食獣のようにうなり声を上げた。

「あかり……愛してるっ……」

唇を塞がれ、骨がきしむくらい強く抱きしめられて、次の瞬間、最奥に熱いほとばしりを感じた。重なった唇から熱い吐息が注ぎ込まれる。ふたりの息がまじりあい、唾液が唇の端から零れ落ちた。

「――はぁ、はぁ……あぁ、まだ出てる……」

たっぷり朱里の中に精を吐き出した後、冬季哉は軽く息を乱しながら、朱里の足をシーツの上に下ろし、全身をぴったりと重ねるように抱き寄せた。

お互いにひどく汗をかいていたが、それが気持ちいい。

「朱里……ありがとう」

いつもの『朱里ちゃん』ではなく、朱里と呼び捨てにしてくれたことで、またふたりの心の距離が近づいた気がした。じんわりと胸にあたたかいものとして広がっていく。

気持ちを通じ合わせて初めてのセックスは、眩暈がするほど幸せだった。

「うん……私も、ありがとう」

開け放たれたカーテンから月光が差し込んでいる。朱里は冬季哉の腕に抱かれてベッドに横たわっていたが、冬季哉の肩越しに見える月をぼんやりと眺めていた。

「あの、さっきはごめんね、子供みたいに泣いて……」

今まで冬季哉に涙は何度か見られているが、やはり恥ずかしい。朱里がぼそぼそとつぶやくと、冬季哉はふふっと笑って朱里の額に口づける。

「朱里は我慢強いから、泣いてくれてちょっとホッとしたよ」

そして頬の上を指の背で滑らせる。

「まだ痛い？」

「ううん、大丈夫……」

頬を張られた瞬間のことを思い出すと身がすくんでしまうが、ほとんど痛みはない。朱里は緩く首を振った。

そしてずっと気になっていた言葉を改めて口にする。

「私、年上だとか、釣り合わないとかで、うじうじしてごめんんね」

「もう、気にしないでいいって言ったでしょ。朱里は一生懸命、俺のこと考えてくれたんだから。それで十分だ」

冬季哉はクスッと笑って、朱里の髪に指を絡める。

「年は確かに離れてるけど、五十年、六十年も経てば誤差だし。なにより女性のほうが長生きだから、八個下の俺はちょうどいいんじゃないかな」

「平均寿命……？」

気になってベッドサイドに置いてあったパーティーバッグからスマホを取り出し、検索する。

「男女の平均寿命は約六歳差だって。だったら冬季哉くんのほうが長生きするね」

検索した記事に目を通した朱里がホッとしたように微笑むと、冬季哉が背後から朱里を抱きしめスマホを覗き込んだ。

「朱里が死んだら俺も死ぬから。だから俺より長生きして。最後の一瞬まで、俺のことだけを見ていてよ」

「そんなおっかないこと言わないでよ……」

冗談だとわかっていたが、つい口にしてしまった。それを聞いて冬季哉がやんわりと微笑む。

「本気だよ。愛してる」

そして冬季哉は少し低い声でささやいた。

短いセンテンスではあったが、彼の声は蜂蜜を落としたような甘さを含んでいた。

一瞬ドキッとしたが、その気配に気づかない朱里ではない。

「私も……冬季哉くんを愛してる……」

なかなか素直になれなかったが、これからはできるだけ素直に思うことを口にしたい。

はにかむように笑うと同時に、冬季哉が精悍な頬を傾けて唇を押しつけてきた。

「ん……あ」

触れ合ったのは一瞬で、すぐに口内に冬季哉の舌が滑り込んでくる。迷うことなく蛇の交尾のように舌を絡ませ、朱里の舌を吸い上げる。

「朱里……これからのことは全部、俺に任せて。うんと幸せになろうね」

冬季哉の唾液からは甘いフルーツのような香りがした。

エピローグ

梅雨が明けて、薄く開けたカーテンの隙間からは、太陽の光がさんさんと降り注いでる。

「命乞いくらいは聞いてやりたかったけど、残念だな」

冬季哉は、デニムのポケットに指をひっかけたまま、ベッドの上を見下ろしていた。

真っ白なシーツの上には意識不明の水科孝之が眠っている。

七夕の夜、杠葉グループの息がかかった大病院の集中治療室で救命処置を受け、一命をとりとめた。とはいえ脳挫傷で意識を失った孝之は、人工呼吸器を装着されずっと集中治療室にいる。

医者が言うには、あと一週間ほどで人工呼吸器は外せるようになるということだ。その後は一般病棟に移されて、リハビリや治療ということになるだろう。

リハビリには相当な時間がかかることになるが、生きていられるだけでもありがたいと思ってもらいたいものだ。

ちなみに冬季哉は、仮に孝之が死んだとしても朱里に『生きている』と嘘をつきとおすつもりだった。日本を適当な時期に離れて、戻らなければバレることもないだろう。

一族は不満を口にするだろうが、提案された事業を成功させるのは、あくまでも彼らに対するパフォーマンスでしかない。冬季哉は成人する前から、海外をベースに人脈を築き、投資を続けいくつかの企業を買収し、大きくしてはまた売り、巨万の富を得ているのである。日本にこだわる必要はない。

とにかく朱里を犯そうとし、暴力をふるった男を生かしておくのが腹立たしいが、朱里が自分を責める要因になることだけは、絶対に避けたかった。

(朱里ちゃんに『死なせない』と言った以上、これでいいか)

孝之の両親は、毎日病院に見舞いに来ている。おっとりした夫婦で、彼らは冬季哉を命の恩人だと涙を流しながら頭を下げた。

冬季哉も貴公子然として『人として当たり前のことをしただけです』と言い、ふたりの手を取り『なんでも相談してくださいね』といたわりの言葉をかけた。

彼らには孝之が恋人の姉を犯そうとして、殴られ昏倒したことを伝えていない。

ただ偶然同じパーティーに参加していた杠葉冬季哉が『階段の下で血を流して倒れていた孝之を発見して、懇意の病院に運んだ』と聞かされ、彼の両親はそれを信じていた。

ブルル――。

デニムのポケットに突っ込んでいたスマホが震える。

『非通知』だ。電話の主は唐沢ではなく、今回の『後始末』のために雇った人間だろう。

即座に通話ボタンを押して耳元に押し当てる。

「はい――。うん……そう。『成美が屋敷から逃げる姿』を見た目撃者の証言が取れたんだな。そして水科孝之の保険金詐欺疑惑で、両親とともに事情聴取が決まったか……。うん、それでいい。あとのことは頼んだよ」

冬季哉は電話を切り、ふふっと笑ってまたポケットにねじ込んだ。

「これできれいに終われるな」

冬季哉は津田家の両親、そして成美にすべての責任を取らせることにした。

彼らは娘の恋人である水科孝之に多額の保険金をかけ、受取人を婚約者である娘にしたあと、家族ぐるみで事故に見せかけ殺そうとした――極悪非道の人間だというシナリオを書いたのだ。

もちろん、殴ったのは朱里だし、彼が血を流して倒れたのはレストランの一室である。

警察がきちんと調べれば嘘だとわかる。だが冬季哉は次期当主の権限で警察に介入し、情報や証拠を操作した。

だが本当のこともある。電話で話したとおり、屋敷から逃げる、髪を振り乱した異様な様子の成美を見た目撃者はたくさんいたのだ。ほんのひとつのきっかけで、人は『こうに違いない』と頭の中でストーリーを作り、決めつける。冬季哉はそれを利用したのだった。

（やろうと思えば、なんでもできるんだよなぁ……）

そう、この世はなんでも自分の思うがままだ。千年以上、名を残すということはそういうことだ。どこにでも杠葉の協力者はいるし、杠葉を守ってくれる。

「ふふふ～ん♪」

病室を出た冬季哉は、鼻歌を歌いながら、軽やかにスキップして病院の前に停まっていた迎えの車に乗り込む。

「冬季哉様、ご機嫌ですね」

運転席の唐沢が、嬉しそうに目を細める。

「ああ。障害は全部排除した。これからは忙しくなるぞ。まずキヨさんが元気なうちに、結婚式の準備をしないといけないな。白無垢、ウェディングドレス……どっちも見たい。ドレスも指輪も、世界中の優れたデザイナーに声をかけよう。あと、きちんとしたプロポーズもしたいから、来年の夏にアミューズメントパークを貸し切ってやりたいな」

「ええ、すべて準備いたしますよ」

唐沢はにこりと笑ってうなずき、冬季哉を乗せた車はゆっくりと動き始めた。

そこでまたスマホが着信を知らせる。

冬季哉はパッと顔を明るくして、通話ボタンをタップした。

「朱里？　今、ちょうど授業が終わったところだよ。うん……そう、帰るとこ。昼は食べてない。あ、せっかく作ってくれるなら、パンプティングが食べたいな。うん……ふふっ、ああ、そうだよ。俺がお口をあけたら、パンプティングを入れるんだ……ふふっ……うん。うん……愛してる。俺も、早く会いたい……。じゃあまたね」

冬季哉は電話を切った後、車窓の外に映し出される美しく青い空を見上げて、目を細める。耳元で響く朱里の笑い声は、永遠に聞いていたいくらい、甘く優しかった。

ようやく手に入れた。ついに自分の望みはかなった。

これから冬季哉は、愛する朱里と、愛おしくも平凡な人生を歩むのだ。

「なぁ……俺『まともな恋』できてるよな？」

かつて朱里に『まともじゃない』と言われた自分はもういない。

唐沢に向けた冬季哉の弾んだ声が、夏の太陽とさわやかな風の中に、溶けていった。

end

あとがき

初めましてこんにちは、あさぎ千夜春《ちよはる》と申します。

まともな恋をしていると思い込んでいる冬季哉《ときや》という男、最高に楽しく書かせていただきました。

そしてなにより、炎かりよ先生のカバーや挿絵の美しいことよ〜。

どれも最高に素晴らしいんですが、ちびっこ冬季哉が朱里《あかり》にパンプティングを食べさせてもらっているシーンは拝まずにはいられませんでした。まさに思った通りのピュアラブです。

公式サイトのメルマガ会員限定の番外編では、その後の夫婦になったふたりのお話を書いたので、よかったらぜひ。


またお会いできたら嬉しいです。

あさぎ千夜春

Sonya
ソーニャ文庫

この本を読んでのご意見・ご感想をお待ちしております。

◆ あて先 ◆

〒101-0051
東京都千代田区神田神保町2-4-7 久月神田ビル
㈱イースト・プレス　ソーニャ文庫編集部
あさぎ千夜春先生／炎かりよ先生

年下御曹司《としたおんぞうし》の執愛《しゅうあい》

2022年6月7日　第1刷発行

著　　者　あさぎ千夜春《ちよはる》
イラスト　炎《ほのお》かりよ
装　　丁　imagejack.inc
発 行 人　永田和泉
発 行 所　株式会社イースト・プレス
〒101－0051
東京都千代田区神田神保町２－４－７ 久月神田ビル
TEL 03－5213－4700　FAX 03－5213－4701
印 刷 所　中央精版印刷株式会社

ISBN 978-4-7816-9724-6
定価はカバーに表示してあります。

Sonya ソーニャ文庫の本

僕の愛を受け入れて。

清華妃奈子には、忘れたい男がいた。両親の離婚を機に自分の後見人となった、10歳年上の御影雪哉だ。その優しい笑顔の奥に潜む男の欲望を知る妃奈子は、彼から離れようとするのだが……。仄暗い笑みを浮かべた雪哉に押し倒されて、淫らなキスをしかけられ——!?

『腹黒御曹司は逃がさない』 月城うさぎ

イラスト 氷堂れん